L'étreinte interdite

ANNE MATHER

L'étreinte interdite

Traduction française de
CHRISTINE MOTTI

AZUR

HARLEQUIN

Collection : Azur

Titre original :
A FORBIDDEN TEMPTATION

Ce roman a déjà été publié en 2017

HARPERCOLLINS FRANCE
83-85, boulevard Vincent-Auriol, 75646 PARIS CEDEX 13
Service Lectrices — Tél. : 01 45 82 47 47 - www.harlequin.fr
ISBN 978-2-2804-7340-8 — ISSN 0993-4448

Composé et édité par HarperCollins France.
Imprimé en avril 2022 par CPI Black Print (Barcelone)
en utilisant 100% d'électricité renouvelable.
Dépôt légal : mai 2022.

FSC
www.fsc.org
MIXTE
Papier issu de sources responsables
FSC® C159065

Pour limiter l'empreinte environnementale de ses livres, HarperCollins France s'engage à n'utiliser que du papier fabriqué à partir de bois provenant de forêts gérées durablement et de manière responsable.

1.

Le téléphone se mit à sonner au moment précis où Jack rentrait chez lui. Sachant qui cherchait à le joindre, il fut tenté de ne pas répondre. Trois jours s'étaient écoulés depuis son dernier contact avec sa belle-sœur, mais celle-ci n'attendait jamais très longtemps avant de se manifester de nouveau.

Jack laissa échapper un soupir de résignation en déposant sur le comptoir en granit de la cuisine le pain qu'il venait d'acheter au village. Même si la sollicitude de Debra à son égard le touchait, il aurait préféré qu'elle le laisse tranquille. Il n'avait pas besoin qu'on se soucie de lui. La solitude lui convenait très bien.

Espérant se tromper sur l'identité de la personne qui l'appelait, il finit par décrocher le combiné.

— Connolly, annonça-t-il brièvement.

— Pourquoi ne réponds-tu pas sur ton portable ? s'écria sa belle-sœur. Je t'ai téléphoné une fois hier, puis deux fois aujourd'hui. En vain !

Bon sang, pourquoi diable avait-il décroché ?

— Bonjour, Debra. Je ne vois pas l'intérêt de m'encombrer d'un téléphone portable partout où je vais. Ce que tu as à me dire n'est sûrement pas urgent.

— Qu'en sais-tu ? rétorqua-t-elle. Et si tu avais un accident ou tombais de ton stupide bateau, tu serais content de pouvoir appeler à l'aide, non ?

— Si je tombais du bateau, mon téléphone serait fichu.

— Tu veux toujours avoir le dernier mot, n'est-ce pas ? Passons aux choses sérieuses : quand comptes-tu rentrer ? Ta mère se fait un sang d'encre à ton sujet.

Jack n'en doutait pas. Mais son père, sa mère, ses frère et sœur n'auraient jamais osé le harceler comme le faisait Debra. Ils avaient compris son besoin de s'éloigner de sa famille. Et la maison qu'il avait trouvée dans le nord de l'Angleterre, sur la côte sauvage du comté de Northumberland, lui apportait tout le calme dont il avait besoin.

— Je suis chez moi, ici, répondit-il en embrassant du regard la cuisine champêtre de sa grande ferme.

Lorsqu'il avait acheté cette maison, elle était dans un état de délabrement avancé. Mais après des mois de travaux, Lindisfarne House offrait à présent tout le confort moderne. C'était pour lui le refuge idéal pour réfléchir à son avenir.

— Tu n'es pas sérieux, j'espère ! Jack, tu es un architecte de renom. Ce n'est pas parce que tu as reçu un héritage substantiel que tu dois t'enterrer dans un trou perdu au fin fond de l'Angleterre !

— Rothburn n'est pas un trou perdu, protesta Jack avec un soupir de lassitude. Pas plus que Kilpheny, en tout cas. J'avais besoin de m'éloigner de l'Irlande, Debs. Tu devrais le comprendre.

— Oui, je sais ce que tu as traversé, concéda sa belle-sœur. Qui plus est, le décès de ta grand-mère est arrivé au pire moment… Mais toute ta famille te soutient. Tes amis aussi. Tu nous manques !

— Je sais… Ecoute, Debs, il faut que je te laisse. Quelqu'un frappe à la porte.

Ce mensonge lui permit de mettre fin à cette conversation éprouvante. La voix de Debra le replongeait systématiquement dans un passé qu'il aurait préféré oublier. Un passé qui s'imposait à lui sous la forme d'hallucinations macabres…

« Elle est amoureuse de toi, tu sais ! » lui sembla-t-il entendre. L'image de Lisa, forme évanescente, venait de se matérialiser devant ses yeux. Assise à l'autre bout du comptoir de la cuisine, elle était vêtue du même ensemble en soie que la dernière fois où il l'avait vue. Curieusement, elle ne portait qu'une sandale…

— Comment peux-tu dire une chose pareille ? demanda-t-il en plissant les yeux.

— Je le sais, c'est tout ! insista Lisa. Debra est amoureuse de toi depuis des années. Depuis le jour où je t'ai amené à la maison.

Jack se détourna pour mettre en route la cafetière, puis se prépara une tartine de pain beurré.

— Vas-tu rentrer en Irlande ?

Surpris, Jack contempla l'image éthérée de Lisa, dont il savait qu'elle pouvait disparaître à tout moment. Mais aujourd'hui, elle semblait déterminée à le tourmenter plus que d'ordinaire.

— Pourquoi cette question ? demanda-t-il avec lassitude. Tu n'aimes pas le Northumberland, toi non plus ?

— Je veux que tu sois heureux, répliqua Lisa en penchant la tête sur le côté, comme elle avait coutume de le faire de son vivant. C'est la raison de ma présence.

— Vraiment ?

Il secoua la tête. Seigneur ! Il parlait à une morte…

Posant une tasse à café sur le comptoir, Jack ferma les yeux et inspira profondément. Quand il les rouvrit, l'image de Lisa avait disparu. Avec elle, son parfum et tout ce qui aurait pu lui faire croire à sa réalité.

Au début, il avait vu dans ces hallucinations un effet de son état dépressif. Il avait consulté un médecin à Wicklow, qui l'avait adressé à un psychiatre de Dublin. Lequel psychiatre l'avait rassuré sur son état psychique : selon lui, les apparitions de Lisa l'aidaient à faire son deuil. Jack doutait de ce diagnostic, mais au fil du temps, les apparitions de sa femme morte avaient fini par s'espacer, d'abord de quelques jours puis de semaines entières.

Sa tasse de café à la main, Jack quitta la cuisine, puis traversa le grand hall d'entrée lambrissé qui donnait sur le salon. La pièce, immense, sentait le bois ciré et le cuir. La teinte claire du tissu tendu sur les murs offrait un joli contraste avec les poutres en chêne qui couraient au plafond. De grandes baies vitrées offraient une vue imprenable sur la côte et sur la mer du Nord.

Jack se dirigea vers le fauteuil devant la fenêtre et s'y installa confortablement. Il était encore tôt, à peine 9 heures, et une longue journée s'étirait devant lui, silencieuse, paisible.

Soudain, l'envie de sortir son voilier de douze mètres le saisit. Il se rendit vite à l'évidence : la mer du Nord à cette période de l'année pouvait réserver de très mauvaises surprises. Mieux valait demeurer prudent. Peut-être pourrait-il simplement passer un peu de temps à bord et en profiter pour faire quelques réparations. Cela lui permettrait de parler de la pluie et du beau temps avec les pêcheurs qui utilisaient eux aussi le petit port.

Non pas qu'il ait besoin de compagnie, mais il était grand temps que son deuil s'achève. L'accident qui avait coûté la vie à Lisa remontait à presque deux ans — deux années durant lesquelles son image n'avait cessé de le tourmenter.

Quand lui était-elle apparue pour la première fois ? Environ un mois après son enterrement, se souvint-il. Alors qu'il se recueillait sur sa tombe au cimetière de Kilpheny, il avait senti sa présence. L'idée insensée qu'une autre jeune femme ait pu être enterrée à sa place l'avait alors saisi, puis il avait compris qu'il souffrait simplement d'hallucinations. Lisa avait bien péri à bord de sa voiture de sport après avoir percuté de plein fouet un camion-citerne : les analyses ADN effectuées sur son corps carbonisé n'avaient laissé planer aucun doute.

Seule une de ses sandales avait été épargnée par le feu qui s'était propagé dans l'habitacle. Sans doute était-ce la raison pour laquelle sa femme lui apparaissait à chaque fois chaussée de cette unique chaussure. Cette anomalie macabre l'avait longtemps rendu perplexe, avant qu'il se rende à l'évidence : inutile de chercher à comprendre les hallucinations dont il était victime.

Peut-être Lisa s'amusait-elle à le provoquer, comme elle en avait l'habitude de son vivant, pendant leurs trois années de mariage.

Jack laissa échapper un soupir, finit de boire son café, puis se leva de son siège. Il n'allait pas passer le reste de sa vie à tenter d'expliquer l'inexplicable, ou à parler à un fantôme, sinon il finirait par perdre le peu de raison qui lui restait.

Jack se sentait beaucoup mieux. Il avait passé la matinée à de menues réparations sur l'*Osprey*, son voilier ; puis, incapable de résister à la tentation, il avait effectué une sortie en mer. Le vent de sud-ouest, léger mais constant, lui avait offert de belles heures de navigation. Avant de rentrer à Lindisfarne House, il avait acheté des fruits de mer à un pêcheur sur le port. A présent, il avait hâte de consommer la salade de homard qu'il prévoyait pour son dîner.

Alors qu'il dégustait une bière fraîchement sortie du réfrigérateur, il entendit des pneus crisser dans l'allée de sa maison. Agacé, il posa sa cannette sur la table puis se dirigea vers la porte d'entrée. La dernière chose dont il avait envie ce soir, c'était bien de compagnie !

Il s'immobilisa soudain. Il ne recevait *jamais* de visite. Personne ne se garait devant chez lui, en tout cas. Pour la bonne raison que personne, sauf les membres les plus proches de sa famille, ne connaissait son adresse. Et ceux-ci avaient reçu l'interdiction de la dévoiler à quiconque.

Quand la sonnette retentit, il comprit qu'il n'avait pas d'autre choix que de répondre.

— Pourquoi n'ouvres-tu pas la porte ?

Jack sursauta en découvrant Lisa assise sur la console en demi-lune adossée au mur de l'entrée.

— Quoi ?

— Ouvre donc !

— Oui... Je vais le faire... Mais en quoi la venue d'un visiteur te concerne-t-elle ?

— *Deux* visiteurs, corrigea Lisa, un étrange sourire sur les lèvres.

— Ah oui ? Et qui sont-ils ?

— Tu verras bien, répondit-elle d'une voix lointaine, tandis que son image s'estompait.

Abasourdi, Jack leva les yeux au ciel, s'interrogeant sur le sens de cette nouvelle apparition. Il était rare que l'image de Lisa s'impose à lui plus d'une fois dans une même journée. Sa défunte femme avait-elle voulu le mettre en garde contre ces visiteurs ?

Chassant cette idée saugrenue, il déverrouilla la porte.

Un homme se tenait dehors. Un homme qu'il n'avait pas revu depuis des lustres. Sean Nesbitt et lui avaient grandi ensemble, puis avaient cohabité pendant leurs études. Ils avaient fréquenté l'université de Dublin, Jack en architecture et Sean en informatique. Tous deux avaient poursuivi leurs études jusqu'au doctorat. Après l'université, leurs chemins s'étaient séparés. Ils ne se voyaient plus qu'en de rares occasions, lorsqu'ils rendaient visite à leurs parents à Kilpheny par exemple.

Après son mariage avec Lisa, Jack avait perdu tout contact avec son ami. Et il ne s'attendait vraiment pas à le découvrir devant sa porte après tout ce temps.

— Je peux entrer ? demanda Sean avec un large sourire.

— Bon sang ! Oui, bien sûr !

Il se précipita à la rencontre de son ami pour lui donner une franche accolade.

— Comment diable as-tu fait pour me trouver ?

Le sourire de Sean s'élargit.

— Je suis un as de l'informatique, voyons ! L'aurais-tu oublié ?

Se tournant vers la Mercedes grise garée au bout de l'allée, il ajouta :

— Je ne suis pas venu seul. Ma petite amie m'accompagne. Es-tu d'accord pour nous recevoir tous les deux ?

Jack haussa les sourcils. Ainsi, Lisa ne s'était pas trompée : il y avait bien deux visiteurs…

— Bien sûr, dit-il un peu à contrecœur, tout en jetant un coup d'œil par-dessus son épaule pour vérifier que l'image de sa défunte femme avait bel et bien disparu.

— Super !

Quand Sean s'éloigna pour aller chercher son amie, Jack se rendit compte qu'il ne s'était pas encore changé depuis son retour de la marina. Il portait un bleu de travail maculé de taches et son sweat-shirt avait connu des jours meilleurs.

Quelle importance après tout ? Ses visiteurs devraient l'accepter tel qu'il était.

Il regarda son ami contourner la Mercedes pour ouvrir la portière du côté passager. La jeune femme qui émergea de la voiture, vêtue d'un jean et d'un T-shirt blanc, était grande et très mince. Avec ses bottes à hauts talons, elle faisait presque la même taille que Sean. Elle avait de longs cheveux blonds bouclés, noués en queue-de-cheval.

Lorsqu'il vit son ami passer un bras dans son dos pour l'inviter à le suivre, il ressentit une pointe d'envie. Depuis quand n'avait-il pas tenu une femme dans ses bras ?

Puis, contre toute attente, il la vit s'écarter vivement de Sean, préférant visiblement garder ses distances avec lui. Apparemment, leur entente laissait à désirer…

Immobile sur le perron, Jack les regarda venir tous deux dans sa direction. Lorsqu'ils furent plus proches, il cessa soudain de respirer. Seigneur, la jeune femme qui accompagnait Sean était d'une beauté à couper le souffle. Son cœur se mit à battre plus fort en découvrant ses traits magnifiques et sa silhouette de rêve. Ses seins pointaient sous son T-shirt moulant. Elle avait des jambes fines, interminables, et une taille de guêpe. Il se surprit soudain à regretter sa tenue dépenaillée, puis se raisonna : cette femme était la petite amie de Sean ! Leur apparente discorde ne l'autorisait pas à flirter avec elle.

Soudain, l'image de Lisa s'imposa à son esprit. Les deux femmes n'avaient absolument rien en commun. Lisa était petite, pétillante, coquette et charmeuse. Elle aimait qu'on la remarque. L'amie de Sean en revanche semblait froide, distante. Il n'y avait pas la moindre coquetterie dans ses manières.

Il recula dans l'entrée, céda le passage à ses visiteurs, puis referma la porte sur eux.

— Jack, je te présente Grace Spencer, dit Sean avec un large sourire.

— Enchanté, dit Jack en lui tendant la main.

— Bonjour, répondit Grace d'un air pincé. J'espère que

ma présence ne vous dérange pas, mais Sean m'a demandé de venir avec lui pour lui indiquer le chemin.

— Je... non. Bien sûr que non.

Jack fronça légèrement les sourcils, surpris par le léger accent de la jeune femme. Se pouvait-il qu'elle soit de la région ? Si tel était le cas, comment avait-elle rencontré Sean ?

Soudain conscient d'être resté silencieux un peu trop longtemps, il demanda :

— Connaissez-vous la région, Grace ?

— Je suis née ici et...

— Ses parents possèdent un pub à Rothburn, l'interrompit Sean. Grace a quitté la région pour aller à l'université et vit à Londres depuis.

Jack hocha la tête d'un air entendu.

— J'ai quitté Londres, précisa Grace, jetant à Sean un regard qui ressemblait à un avertissement. Ma mère est tombée malade et j'ai décidé de me réinstaller à Rothburn pour m'occuper d'elle. Sean y vit toujours, en revanche. Il s'agit pour lui d'un voyage éclair, n'est-ce pas, Sean ?

Pas de doute, la question ressemblait à une accusation. Jack fronça les sourcils, réticent à l'idée de subir la mésentente de ce couple. Quel que soit le différend qui les opposait, il n'avait pas envie d'en être le témoin.

— On verra, éluda son ami en se tournant vers lui. Je parie que tu te demandes comment je t'ai retrouvé.

— En effet.

— Eh bien, quand le père de Grace nous a dit qu'un Irlandais avait acheté cette vieille bicoque, j'étais loin d'imaginer qu'il pouvait s'agir de toi. Ce n'est qu'en entendant ton nom que j'ai fait le rapprochement. Le monde est petit, tu ne trouves pas ?

— Je ne te le fais pas dire...

Il n'avait pas caché son identité en s'installant dans la

région, mais personne ne le connaissait vraiment ici ; et personne ne savait qu'il était veuf.

Se forçant à l'amabilité, il demanda :

— Ainsi, tu passes tes week-ends ici pour voir Grace et ses parents ?

— Oui…

— Non !

Les deux réponses avaient fusé en même temps. Soudain gênée, Grace détourna les yeux, le rouge aux joues.

— Je viens aussi souvent que possible, corrigea Sean.

Puis, reportant son attention sur sa petite amie, il ajouta :

— Allons, Grace, tu sais à quel point tes parents sont ravis de me recevoir ! N'embarrassons pas Jack avec nos histoires.

2.

Grace était en colère. Jamais elle n'aurait dû se laisser convaincre d'accompagner Sean, mais comment aurait-elle pu échapper à cette corvée ? En outre, elle détestait se disputer avec lui en public. Le regard insistant de Jack Connolly la mettait mal à l'aise. Elle pressentait toutefois qu'il n'était pas le genre d'homme à se laisser abuser par les mensonges de Sean.

Le pire dans cette histoire était que ses parents n'avaient qu'une envie : qu'elle devienne la femme de Sean. Si elle avait refusé de le conduire chez Jack, ils auraient compris que quelque chose clochait entre eux. Or elle ne voulait pas les contrarier. Pour l'heure, il fallait qu'elle accepte la situation, sans pour autant laisser Sean la ridiculiser.

Comme c'était différent avant ! Quand elle l'avait rencontré, le charme qu'il dégageait l'avait conquise. Certes, elle était jeune et naïve et buvait ses paroles : qu'un étudiant plus âgé s'intéresse à elle la remplissait alors de fierté. Quelle lamentable erreur ! Elle n'aurait jamais dû le présenter à ses parents. Persuadé que le jeune homme était voué à un brillant avenir, son père avait accepté d'hypothéquer son pub pour financer le projet de site internet de Sean. Grace avait tenté de s'y opposer, mais Tom Spencer ne l'avait pas écoutée. A partir de ce moment-là, elle avait connu de nombreuses nuits d'insomnie à imaginer le pire… et le pire s'était produit !

Ses parents ignoraient l'étendue de la catastrophe. L'argent qu'ils avaient investi s'était envolé en fumée et à présent, Grace cherchait par tous les moyens à réparer les dégâts. Voilà pourquoi elle continuait de mentir à propos de sa relation avec Sean. Toutefois, plus le temps passait, plus elle peinait à donner le change. Elle avait même failli avouer avoir rompu avec lui ; or comme sa mère était malade, elle avait préféré garder cette nouvelle secrète jusqu'à sa guérison.

Pour le moment, elle devait ronger son frein…

— Je vous en prie, dit soudain Jack en les invitant à le suivre au salon. Allons prendre un verre.

Grace s'interrogeait sur les vraies raisons qui avaient poussé Sean à envisager cette visite. Celui-ci avait expliqué à son père que Jack Connolly avait perdu sa femme dans un accident de voiture deux ans plus tôt et qu'il n'avait pas encore eu l'occasion de lui présenter ses condoléances. Grace demeurait toutefois sceptique sur les intentions réelles de son ex : elle était bien placée pour savoir qu'il n'éprouvait de compassion pour personne.

Sean avait aussi laissé entendre que Jack Connolly avait hérité de sa grand-mère, ce qui lui avait permis d'acheter cette maison dans le Northumberland, où il avait décidé de se retrancher pour panser ses blessures. Cependant, leur hôte ne ressemblait pas au portrait dressé par Sean. Si la perte de sa femme l'éprouvait encore, il n'en laissait rien paraître. Il semblait au contraire très sûr de lui. Le regard dont il l'avait enveloppée quand elle s'était approchée de lui l'avait profondément gênée. Dans d'autres circonstances, elle s'en serait sans doute offusquée.

Les hommes avaient-ils tous en eux cet instinct de chasseur ? Etaient-ils tous aussi peu dignes de confiance que Sean ?

Quoi qu'il en soit, avec son physique de star de cinéma,

Jack Connolly devait faire des ravages autour de lui. Il était bronzé comme après avoir passé des mois au soleil. Pourtant, d'après son père, il n'avait pas quitté la région durant toute la rénovation de la maison.

Après avoir traversé le hall d'entrée, ils pénétrèrent dans un salon lumineux. Connolly semblait avoir des goûts très sûrs en matière de décoration : des murs clairs, des boiseries remises à neuf, un parquet ciré recouvert d'un tapis persan de toute beauté.

Grace se dirigea vers les fenêtres et tomba en arrêt devant le paysage qui s'offrait à sa vue. Familier et sublime à la fois. Un mélange de roches, de falaises, de collines verdoyantes à perte de vue. La mer devenue très calme se teintait de rose à mesure que le soleil amorçait sa descente. Des lumières commençaient à apparaître aux fenêtres des maisons construites sur les hauteurs du port et à proximité de la marina.

— Pardonnez ma tenue, dit Jack, interrompant sa rêverie. J'ai passé la journée sur mon bateau et n'ai pas eu le temps de me changer.

— Un bateau ? s'écria Sean. Tu as un bateau ? Dis-moi, que ressent-on quand on devient millionnaire ?

Grace fut prise d'un léger vertige. Ainsi, contrairement à ce que Sean avait prétendu, Jack aurait hérité d'une fortune se chiffrant en millions ? Pas étonnant que cette nouvelle ait éveillé l'intérêt de son ex.

— Que puis-je vous offrir à boire ? demanda Jack, éludant la question de Sean.

Gênée par l'intensité du regard qu'il posait sur elle, Grace fut incapable de répondre immédiatement.

— Une bière, pour moi, répondit Sean.

— Un Coca, dit-elle enfin, se souvenant qu'elle travaillait le lendemain.

— Un Coca ? répéta Sean en roulant des yeux. Tu le

crois, ça ? Cette jeune femme a été élevée dans un pub et elle n'aime pas la bière !

Jack hocha simplement la tête.

— Je n'en ai pas pour longtemps, dit-il avant de quitter la pièce.

Grace jeta un regard courroucé en direction de Sean.

— Quoi ? protesta ce dernier. Regarde autour de toi. Ce cadre est magnifique, non ? Je suis sûr que tous ces meubles valent une fortune. Tu n'es pas contente d'être venue ?

— Non, répondit Grace en se détournant.

La vue de Sean l'indisposait, ainsi que son comportement. Elle aurait dû refuser de l'accompagner. Cet homme était un menteur invétéré. Elle le savait, mais n'avait pas voulu provoquer de dispute devant sa mère, déjà suffisamment malade.

— Un repaire de millionnaire, poursuivit Sean dans son dos. Regarde la toile fixée au mur ! C'est un Turner. Tu te rends compte ?

Grace préféra garder le silence. Sa présence dans cette maison était une imposture. Sean ne représentait plus rien pour elle et Jack était un étranger. Que ce dernier soit riche l'indifférait totalement.

Quand leur hôte revint au salon, il portait un plateau avec leurs boissons.

— Je vous en prie, asseyez-vous, dit-il à Grace en déposant le plateau sur une table basse encombrée de luxueuses revues de nautisme.

Les laissait-il volontairement à la vue de tous ? Elle en doutait. Elle avait beau ne pas connaître Jack Connolly, il ne lui donnait pas le sentiment de se soucier de ce que l'on pouvait penser de sa maison ou de lui.

Elle prit place sur un confortable canapé en velours, imitée aussitôt par Sean.

— Tu habites un très bel endroit, dit ce dernier avec un large sourire. Où t'es-tu procuré tous ces meubles et tableaux hors de prix ?

Jack s'adossa au mur, sa bouteille de bière à la main.

— Ils appartenaient pour la plupart à ma grand-mère. Les autres, je les ai achetés et restaurés.

— Non ! s'exclama Sean, les yeux exorbités.

— C'est la vérité. Je trouvais dommage de ne pas leur donner une deuxième vie.

Sean secoua la tête, l'air hébété.

— Depuis quand restaures-tu des meubles ? Ce n'est pas ta spécialité. Tu es architecte, tu construis des maisons, des centres commerciaux, des écoles, ce genre de choses.

Jack se contenta de hausser les épaules. Visiblement, il ne tenait pas à s'étendre sur le sujet, mais Sean ne semblait pas décidé à lâcher prise.

— Oh ! je vois, dit ce dernier avec un sourire goguenard. A présent que tu vis de tes rentes, tu n'as plus besoin de travailler.

— Tu as tout compris, lança Jack d'un ton sec. Comment trouves-tu ta bière ?

— Parfaite ! Bien fraîche, exactement comme je les aime.

En prononçant cette phrase, Sean s'était tourné vers Grace.

— Je parle de la bière, chérie ! s'exclama-t-il avec un sourire plein de sous-entendus.

Grace pâlit. Comment Sean pouvait-il se comporter ainsi ? Comme s'il avait perçu son malaise, Jack vint à sa rescousse.

— Et toi, que fais-tu ces temps-ci ? demanda-t-il à Sean. Inventes-tu toujours des jeux pour cette firme japonaise ?

— Non. En fait, je ne travaille plus pour Sunyata. Je

mène des missions de conseil en attendant de développer mon propre site internet. Tout le monde n'est pas aussi verni que toi, tu sais !

Jack se rembrunit. Comment était-il censé réagir à cette allusion ? Se forçant à sourire, il reporta son attention sur la jeune femme.

— Et vous, Grace, que faites-vous ?

— Elle est diplômée en droit, répondit Sean à sa place. Elle travaillait pour le procureur. Mais par ici, impossible de trouver un emploi équivalent. Elle a dû mettre sa carrière entre parenthèses.

Grace laissa échapper un soupir.

— Ma situation actuelle me convient parfaitement, dit-elle sèchement. Pourrions-nous parler d'autre chose ?

— Mais… tu travailles pour un agent immobilier ! Franchement, tu vaux mieux que ça !

— Sean ! s'écria-t-elle en le fusillant du regard.

Conscient d'être allé trop loin, il changea de tactique.

— C'est un moyen de gagner sa vie, concéda-t-il avec un sourire mielleux. Il se pourrait que je cherche un boulot à Rothburn moi aussi.

Grace secoua la tête, atterrée, mais l'expression de Sean demeura la même quand il ajouta :

— Un changement d'air me ferait du bien.

Elle n'était pas dupe : Sean mentait effrontément. Il jouait le jeu de la provocation. Dans quel but ? Ce manège était-il destiné à Jack Connolly ? Quoi qu'il en soit, elle n'avait aucune envie de le voir s'installer près de chez elle.

Soudain, sans qu'elle puisse l'en empêcher, Sean lui prit la main.

— Tu sais ce que je ressens pour toi, ma chérie, n'est-ce pas ? Nous traversons une mauvaise passe en ce moment, mais dès que tu seras de retour à Londres…

— Je ne reviendrai pas à Londres, l'interrompit-elle d'une voix blanche.

Elle lui avait clairement annoncé sa décision de rompre et de demeurer près de ses parents, mais il refusait encore de la croire. Et il profitait de la présence d'un témoin pour tenter de la faire changer d'avis… Quel comportement abject !

Jack détourna un instant les yeux de ce spectacle affligeant. Si Sean et sa fiancée avaient des problèmes, cela ne le concernait pas, et il n'avait aucune envie de les entendre se disputer. Quand il reporta son attention sur le couple assis devant lui, il vit que Grace avait réussi à retirer sa main de celle de Sean. L'air sombre, elle semblait absorbée dans la contemplation de son verre de Coca.

Un silence pesant régnait à présent dans la pièce.

Grace ne savait pas comment gérer cette situation intenable. Le comportement de Sean la dégoûtait. Alors qu'il était censé offrir ses condoléances à son vieil ami, il n'avait pas encore dit un mot sur la mort de sa femme.

N'y tenant plus, elle posa son verre sur la table et se leva de son siège.

— Il est temps de prendre congé, Sean, dit-elle avec fermeté.

Sans se presser, son ex pot de colle dégusta le reste de sa bière, reposa la bouteille sur la table, puis se leva à son tour.

Grace fit quelques pas vers la porte en évitant le regard pénétrant de leur hôte, puis se retourna pour voir si Sean la suivait. Mais ce dernier n'en avait pas fini avec son vieil ami.

— Il faudra qu'on se revoie, mon pote, dit-il à Jack en lui tapotant l'épaule. Pourquoi pas le week-end prochain ? Il faut que je retourne à Londres demain, mais j'essaierai de revenir vendredi soir. Qu'en dis-tu ?

— Eh bien…

Avant que Jack puisse refuser son offre, Sean reprit :

— J'aimerais te parler de mon projet de site internet. Cela pourrait t'intéresser. Je serais ravi d'avoir ton point de vue.

Grace se raidit. Depuis le départ, elle soupçonnait Sean de vouloir parler affaires avec son ami ; à aucun moment elle n'avait cru à son désir de lui présenter de sincères condoléances. Jack se redressa et mit les mains dans les poches. Le regard indéchiffrable, il les observa tous deux comme s'il cherchait à sonder leurs âmes. Visiblement, il pressentait le coup fourré. Grace espérait toutefois qu'il ne la prenait pas pour la complice de Sean. Seigneur, quelle erreur d'avoir accepté cette visite !

— Eh bien, nous verrons cela, dit-il enfin avec un manque d'enthousiasme évident. J'y réfléchirai.

D'un geste, Jack invita ses visiteurs à le précéder dans le hall. En chemin, il ne put s'empêcher d'admirer la silhouette de Grace, la cambrure exquise de ses reins, sa taille fine, ses longues jambes. Quand ils se quittèrent, leurs yeux se croisèrent une dernière fois ; alors, une pointe de culpabilité le saisit. Il n'avait pas le droit de ressentir de l'attirance pour cette femme…

Grace quitta le Bay Horse avec soulagement. Elle était heureuse de vivre de nouveau près de ses parents, mais supportait difficilement l'agitation incessante qui régnait à l'intérieur du pub et autour. Elle n'y était plus habituée. Quand elle se retranchait dans sa chambre à l'étage, elle allumait la télévision pour ne plus entendre les éclats de rire des clients, les bruits de vaisselle ou les portières qui claquaient sur le parking. Il était temps pour elle de trouver un autre logement. Ses parents seraient sans doute déçus, mais elle était habituée à vivre seule depuis des années.

Par ailleurs, le fait de s'installer dans un appartement dans la région prouverait à ses parents sa volonté de quitter Londres. Et cela lui permettrait de se débarrasser de la présence de Sean Nesbitt.

Resserrant les pans de sa veste autour d'elle, Grace s'éloigna du pub, où sa mère se reposait. Depuis que cette dernière se battait contre son cancer du sein, elle ressentait une immense fatigue. Plusieurs fois par jour, elle était contrainte de s'allonger pour reprendre des forces. Grace souffrait de la voir ainsi diminuée.

Après une brève hésitation, elle se dirigea vers le port. Depuis son retour, elle n'avait pas pris le temps de se promener sur les quais, alors que c'était l'une de ses occupations favorites, autrefois. Cette escapade lui permettrait peut-être de relativiser les problèmes rencontrés plus tôt dans la journée.

Elle avait passé la matinée entière à attendre en vain un client dans un vieux presbytère proche de Rothburn, et l'après-midi à repousser les avances d'un promoteur immobilier, William Grafton, un homme proche de la cinquantaine qui avait manifesté un grand intérêt pour quelques cottages délabrés à vendre sur la côte. Cet endroit isolé pouvait selon lui intéresser des vacanciers à la recherche de calme et d'authenticité. Grace s'interrogeait encore sur les motivations réelles du promoteur. A son arrivée à l'agence, il avait demandé à voir son patron, puis, en l'apercevant, avait reporté toute son attention sur elle.

Grace secoua la tête en soupirant. Grafton s'était-il vraiment imaginé qu'un homme comme lui pouvait l'intéresser, alors qu'il était marié et assez vieux pour être son père ? Une chose était sûre : le métier d'agent immobilier requérait des talents relationnels qu'elle ne possédait pas.

Tout en marchant, Grace défit le ruban qui retenait ses longs cheveux en arrière et les laissa tomber librement sur ses épaules. Quel soulagement ! Aussitôt, elle sentit s'estomper la migraine qui battait à ses tempes depuis plus d'une heure.

Elle ne permettrait pas à William Grafton de la harceler de nouveau, décida-t-elle farouchement. A sa prochaine visite à l'agence, elle le dirigerait vers M. Hugues, que cela lui plaise ou non. Hélas, la situation n'était pas simple : Grafton, outre sa fonction de promoteur, était aussi un ami de son père, un habitué du Bay Horse et un gros client de l'agence. Grace allait devoir le ménager sur ces trois fronts.

Chassant le souvenir de cet après-midi détestable, elle descendit la colline qui menait sur le front de mer. Rothburn s'était dotée depuis peu d'une splendide marina destinée à la navigation de plaisance. Jack Connolly avait-il choisi cet endroit pour mouiller son bateau ? Cette question la surprit et elle la chassa aussitôt.

Le quai des pêcheurs, déserté à cette heure de la journée, était encombré de caisses en bois et de casiers à homards vides, vestiges de la vente qui s'était déroulée plus tôt. Une longue jetée séparait la zone destinée à la pêche de la marina, où toutes sortes de bateaux de plaisance étaient amarrés : voiliers, vedettes, yachts de toute beauté.

Grace avait toujours été attirée par la mer. Petite, elle disait souvent à son père qu'elle ferait de la pêche son métier. Jusqu'au jour où il l'avait emmenée à bord d'un chalutier et qu'elle avait eu le mal de mer.

Elle aperçut au loin un vieux pêcheur qu'elle connaissait depuis toujours et lui adressa un signe de la main. Puis, les coudes appuyés à la barrière qui longeait la jetée, elle scruta les différentes embarcations amarrées aux pontons.

C'est alors qu'une voix dans son dos la sortit de sa rêverie :

— Vous cherchez quelque chose ?

3.

Grace sursauta, comme si on venait de la prendre en faute. Malgré le calme environnant, elle n'avait entendu personne approcher. En se retournant, elle comprit pourquoi : Jack Connolly — car c'était lui — portait des bottes à semelles de crêpe.

— Bonsoir, monsieur Connolly. Ravie de vous revoir.

— Vraiment ?

Les yeux mi-clos, Jack observa la jeune femme, s'étonnant de l'initiative qu'il venait de prendre. Pourquoi cette envie de venir lui parler alors qu'il avait espéré ne plus jamais les revoir, ni elle ni Sean ?

Toujours vêtue de son tailleur bleu marine, Grace se sentit soudain déplacée dans ce cadre.

— Je… j'allais rentrer chez moi, bredouilla-t-elle.

Une moue dubitative accueillit sa remarque.

— Dommage, dit-il en s'accoudant comme elle à la barrière. J'ai cru que vous cherchiez l'*Osprey*.

Tentant d'ignorer le timbre velouté de la voix de Jack, et ce léger accent irlandais qui lui conférait un charme fou, Grace s'étonna :

— L'*Osprey* ?

— Oui, l'*Osprey*, mon bateau.

— Oh… J'avais oublié que vous possédiez un bateau.

Jack laissa échapper un petit rire qui eut le don de l'irriter.

— Parfaitement, j'avais oublié, répéta-t-elle avec fermeté.

Croyez-vous que je sois venue ici pour voir votre bateau ? Ou pour vous rencontrer ?

Cette fois, il parut franchement stupéfait.

— Eh ! Qu'ai-je dit de mal ? J'ai simplement pensé…

— J'imagine très bien ce que vous avez pensé, monsieur Connolly, le coupa-t-elle.

— Je vois, répliqua-t-il en se redressant, le visage fermé. Je voulais me montrer poli, c'est tout. A un de ces jours.

Sur ces mots, il tourna les talons et s'engagea sur la jetée. Honteuse, Grace se maudit pour son comportement. Elle n'avait aucune raison d'agresser cet homme.

— Monsieur Connolly ? Jack ! cria-t-elle en se précipitant à sa suite.

Elle se tordit la cheville deux fois sur le sol inégal en tentant de le rattraper. Quand enfin il daigna ralentir puis se retourner, Grace cessa de courir. En approchant, elle vit qu'il la regardait d'un air énigmatique, qui lui fit regretter aussitôt son initiative. Hélas, elle ne pouvait plus faire machine arrière.

— Je… je suis désolée, dit-elle. Je n'aurais pas dû vous agresser. J'ai eu une dure journée. Vous n'aviez pas à en faire les frais.

Jack nota que, visiblement, ces excuses coûtaient à la jeune femme. Elle portait une jupe courte qui dévoilait ses longues jambes fines au galbe parfait. Sa poitrine se soulevait et s'abaissait au rythme de sa respiration et ses longs cheveux d'un blond doré dansaient souplement autour de son visage. Elle était vraiment d'une beauté saisissante. Les effluves de son parfum fleuri, légèrement musqué, lui chatouillèrent les narines. Sa course lui avait rosi les joues et ses yeux brillaient.

— C'est bon, dit-il, apaisant. J'accepte vos excuses. Oublions cela. Comment se passe votre travail ?

— Ça va. Enfin, je suppose…

— Vous *supposez* ?

Comme il la regardait d'un air interrogateur, Grace se sentit obligée de s'expliquer :

— Travailler à Rothburn me plaît, mais je ne suis pas sûre que le métier d'agent immobilier soit fait pour moi. Je ne suis pas assez commerciale.

— Vous ne l'exercez pas depuis longtemps, objecta-t-il avec sérieux. Comment pouvez-vous le savoir ?

— J'en suis à ma deuxième semaine.

— Ce n'est pas beaucoup. Attendez un peu avant de vous prononcer.

— Vous avez peut-être raison…

Curieusement, le doute qu'exprimait Grace sur ses compétences professionnelles toucha une corde sensible chez Jack. Pourtant, depuis la mort de Lisa, il ne ressentait que de l'indifférence à l'égard des choses ou des gens. Mais cette femme lui paraissait profondément sincère. Et son charme, inutile de le nier, agissait sur lui. Il aurait aimé la rassurer, caresser le délicat ovale de son visage. A l'idée de ses mains sur sa peau, une chaleur intense l'irradia.

Comme le silence pesait entre eux, Jack le rompit :

— Et Sean, qu'en pense-t-il ?

— Oh ! Sean…

Avait-elle exprimé une sorte de lassitude ? Comme si elle regrettait le ton qu'elle venait d'employer, elle ajouta :

— Sean ne sait rien. Je n'en ai pas discuté avec lui. Du moins, pas encore.

— Si vous quittiez l'agence immobilière, qu'aimeriez-vous faire ?

Grace était surprise de l'intérêt que Jack Connolly manifestait à son égard.

— Je n'y ai pas réfléchi, avoua-t-elle.

Quelque chose chez cet homme lui donnait envie de se confier. Pourtant ce n'était pas dans ses habitudes.

— Une chose est sûre : je compte rester à Rothburn, poursuivit-elle. Ma mère préfère me savoir près d'elle. Nous avons toujours formé une famille unie.

— Avez-vous des frères et des sœurs ?

— Non, je suis fille unique.

— C'est seulement à cause de votre mère que vous souhaitez rester ici ?

Se sentant poussée dans ses retranchements, Grace se cabra.

— Serait-ce un interrogatoire ?

— D'accord, je n'insiste pas, dit Jack. A propos, comment se porte votre mère ? Désolé, j'aurais dû vous poser cette question avant.

— Pourquoi ? demanda Grace. Vous ne la connaissez pas, si ? J'ai demandé à mon père, et apparemment…

Elle se tut soudain, consciente d'être allée trop loin. Jack savait à présent qu'elle s'était renseignée sur lui. Elle s'efforça de reprendre :

— Il m'a dit ne jamais vous avoir vu au pub.

— Je n'y suis jamais allé, en effet.

— Quant à ma mère, elle… elle va beaucoup mieux, dit-elle. Se remettre d'un cancer est éprouvant. Merci de m'avoir posé la question.

Jack se contenta de hocher la tête, puis reporta son attention sur la marina. Il s'en voulait de ressentir autant d'attrait pour cette jeune personne, mais son charme l'envoûtait. C'était la première fois depuis longtemps qu'il éprouvait du désir pour une femme. Un désir interdit. Se forçant à plus de raison, il afficha un sourire poli sur ses lèvres.

— Pensez-vous que Sean aimera vivre à Rothburn ?

— Heu… Sean adore Londres, dit-elle prudemment. Nous verrons bien. Je ferais mieux d'y aller, maintenant.

Grace avait le sentiment désagréable d'être affreusement vulnérable face à cet homme, qui semblait avoir la faculté de lire en elle. Et son physique exceptionnel le rendait particulièrement dangereux : elle avait pleinement conscience des muscles qui saillaient sous son T-shirt, de ses hanches étroites moulées dans son jean… Préférant ne pas s'attarder sur le trouble qui s'emparait d'elle, elle recula de quelques pas.

— Au revoir, dit-elle, avant de tourner les talons.

— Au revoir, Grace, répondit-il, sans chercher à la retenir.

Jack appréhenda pendant tout le week-end la visite promise par Sean, mais quand vint le dimanche, la tension qui l'habitait finit par se dissiper.

Toutefois, il ne savait pas s'il en éprouvait du soulagement ou de la déception. Revoir Grace lui aurait plu, inutile de le nier, mais mieux valait sans doute oublier l'effet que cette jeune femme produisait sur lui.

Il n'avait toutefois pas passé son temps à attendre la visite du couple : il s'était absenté plusieurs heures pour s'occuper de son bateau.

La pluie tomba sans discontinuer le lundi et le mardi. Le mercredi, le temps était encore couvert. A présent que tous les travaux de décoration étaient terminés et qu'aucune réparation ne requérait son attention, Jack tournait en rond dans sa maison. Après avoir rincé sa tasse de café dans l'évier, il monta dans sa chambre. Il décida d'aller se promener en voiture. Inutile de rester confiné chez lui.

Il finissait de s'habiller quand la voix de Lisa surgit dans ses pensées :

— Tu sors ?

Se retournant, il aperçut la forme évanescente de sa femme sur le rebord de la fenêtre. Ses hallucinations l'avaient laissé en paix pendant plus d'une semaine :

pourquoi fallait-il que Lisa se manifeste précisément au moment où il allait sortir ?

— Oui. Pourquoi pas ? lança-t-il en agrippant sa veste sur un dossier de chaise. Je n'ai rien de mieux à faire.

Il lui sembla entendre Lisa soupirer dans son dos.

— Tu pourrais chercher un travail. Ce n'est pas bon d'avoir trop de temps libre.

— Ah oui ? Et en quoi cela te concerne-t-il ?

— Tu vas aller voir cette fille, n'est-ce pas ?

Jack se pétrifia.

— Pardon ?

— Tu sais très bien de qui je parle.

Lisa quitta le rebord de fenêtre et avança dans la chambre, toujours chaussée d'une seule sandale.

— Je ne suis pas sûre que le père Michael approuverait, ajouta-t-elle avec une moue boudeuse.

Jack secoua la tête, abasourdi. Le père Michael était le prêtre qui avait célébré leur mariage, puis enterré Lisa. Mais sa défunte femme ne faisait probablement pas référence à ces deux événements.

— Le père Michael a d'autres chats à fouetter, objecta-t-il. Et je suis sûr qu'il serait le premier à me suggérer d'aller de l'avant.

— Je parie qu'elle est très jolie, avança Lisa en penchant la tête de côté.

— Jolie ou pas, je te rappelle qu'elle a un fiancé.

— Sean Nesbitt ?

— Oui, Sean Nesbitt. Un vieil ami à moi.

— Un vieil ami, en es-tu sûr ?

— Absolument, répliqua Jack en fourrant son téléphone portable et son portefeuille dans sa proche.

Chassant l'image de Lisa, il sortit et s'installa au volant de sa Lexus. Puis, après avoir glissé un CD dans le lecteur, il quitta l'enceinte de la propriété.

Jusqu'ici, il n'avait exploré qu'une infime partie de la région — le comté de Cumbria et le Lake District se trouvaient à seulement deux heures de route. Pourtant, renonçant une fois de plus à faire du tourisme, il s'engagea sur la route qui menait à Rothburn. Avait-il depuis le départ prévu de partir à la recherche de Grace ou était-ce Lisa qui le lui avait suggéré ? Quoi qu'il en soit, il brûlait de la revoir.

Après avoir acheté une carte, Jack s'installa dans un café du centre-ville pour l'étudier.

— Vous cherchez un endroit en particulier ? lui demanda la jolie serveuse qui lui avait apporté son café.

— Pas vraiment, non. Je veux découvrir la région.

— Oh ! vous êtes un touriste ! s'exclama la jeune fille avec ravissement. Vous êtes originaire d'Irlande, n'est-ce pas ? J'adore votre accent.

— Merci, répondit Jack avec un sourire amusé. Vivez-vous à Rothburn ?

— Un peu à l'extérieur. C'est trop cher d'habiter en ville.

— Vraiment ?

— Oh oui ! répliqua-t-elle avec emphase. J'espère que vous ne cherchez pas une maison par ici ; à moins d'être millionnaire, évidemment.

Préférant ne pas répondre, Jack sortit quelques pièces de sa poche pour payer sa consommation.

— Séjournez-vous en ville ? insista-t-elle.

— Non, répondit-il en se levant de table. Je vais aller dans le Nord. A Bamburgh. Il y a un château, là-bas, je crois.

— Vous vous intéressez aux châteaux ?

Ignorant les clients qui cherchaient à attirer son attention, la jeune serveuse accompagna Jack jusqu'à la porte.

— Je pourrais vous servir de guide, si vous voulez, ajouta-t-elle. Je termine dans une heure.

Jack s'apprêtait à éconduire l'entreprenante serveuse quand la porte s'ouvrit à la volée sur Grace.

— Jack !

— Ravi de vous revoir, Grace.

Il s'efforça de masquer le plaisir que lui procurait cette rencontre fortuite. De son côté, Grace semblait regretter d'avoir prononcé son prénom avec autant d'enthousiasme.

— Bonjour, Grace, dit la serveuse d'un ton un peu crispé. Vous vous connaissez, tous les deux ?

— Heu… un peu, admit Grace du bout des lèvres.

Avant que Jack puisse dire quoi que ce soit, la serveuse s'exclama :

— Eh ! Ce monsieur est ton petit ami ? Mais… je croyais qu'il s'appelait Sean !

Grace sentit le rouge lui monter aux joues. Pourquoi le hasard avait-il mis Jack sur sa route ? Elle ne s'attendait absolument pas à le croiser en ville. Et l'allusion de Lisbeth la mettait au supplice. De son côté, Jack semblait également trouver la situation embarrassante.

— Il faut que j'y aille, dit-il, sans s'adresser à qui que ce soit en particulier.

Puis, se tournant vers elle, il ajouta :

— A un de ces jours !

4.

Grace sortit du café, chargée de trois cappuccinos et de pâtisseries pour son patron. Elle n'aimait pas cette facette de son travail, mais devait se plier à cette corvée chaque matin en tant que plus jeune recrue de l'agence. Elle aurait préféré qu'on la laisse se préparer tranquillement à affronter William Grafton, à qui elle devait annoncer que son offre pour les cottages de Culworth avait été rejetée. Grant Hugues s'était montré inflexible.

— Vous devez apprendre à gérer les clients pénibles, Grace, lui avait-il dit avec fermeté. Dans une agence comme la nôtre, nous ne pouvons pas nous offrir le luxe de les choisir.

Avant de traverser la rue, elle jeta un coup d'œil alentour pour vérifier que Jack Connolly n'était plus dans les parages. Elle aperçut une Lexus noire garée de l'autre côté de la place. Le genre de véhicule qui pouvait lui appartenir, mais celui-ci était vide. Où pouvait bien être passé son propriétaire ?

Préoccupée, elle pénétra dans l'agence et marqua aussitôt un temps d'arrêt. Tournant le dos à la réception, Jack contemplait les annonces affichées au mur. Non loin de lui se tenait William Grafton, dont le visage s'éclaira d'un large sourire quand il l'aperçut.

— Grace ! s'écria-t-il de sa voix de stentor, attirant

aussitôt l'attention de Jack. Je vous attendais. Grant m'a dit que vous aviez des nouvelles pour moi.

Grace prit une profonde inspiration pour se donner du courage. Elle déposa un gobelet sur la table d'Elizabeth, un ensuite sur la sienne, puis elle prit la direction du bureau de Grant Hugues.

— Je suis à vous dans une minute, monsieur Grafton, dit-elle avant de disparaître.

A son retour, elle constata qu'Elizabeth avait quitté son poste de travail pour s'occuper personnellement de Jack. Tous deux discutaient aimablement autour d'un présentoir. William Grafton s'était installé sur une chaise devant son bureau.

— Alors ? s'enquit-il une fois qu'elle l'eut rejoint.

Grace prit le temps de déguster une gorgée de café pour se donner la force d'affronter le mécontentement de son client.

— Grant m'a dit que vous avez eu le vendeur en ligne, insista-t-il devant son silence. J'espère que vous avez de bonnes nouvelles à me communiquer !

— J'ai bien peur que non, monsieur Grafton, répondit-elle avec un soupir.

Fouillant dans les papiers éparpillés sur son bureau comme pour chercher confirmation de ce qu'elle avançait, elle ajouta :

— Mme Naughton demande beaucoup plus pour vous céder ses propriétés.

Grafton souffla bruyamment, attirant de nouveau l'attention de Jack. Bien qu'absorbé par sa conversation avec Elizabeth, il semblait attentif aux propos que Grace échangeait avec son client.

— Ces cottages tombent en ruine ! s'exclama Grafton en tapant du poing sur le bureau. La vieille bique le sait pertinemment. C'est un stratagème pour m'obliger à gonfler mon offre !

Se penchant en avant, il ajouta avec hargne :

— Je veux que vous la rappeliez pour lui signifier mon désaccord. Je ne suis pas un amateur. Quand William Grafton veut quelque chose, il l'obtient. Un point, c'est tout.

Sur ces mots, il se leva de sa chaise.

— Monsieur Grafton, je…

— Vous avez entendu ce que je vous ai dit, Grace. Vous êtes une brave fille et vous allez m'arranger ça. Je compte sur vous. Pensez à votre commission, mon chou, et ne me laissez pas tomber.

Tête haute, Grafton quitta l'agence. Pétrifiée, Grace peinait à contenir sa colère. Comment cet homme osait-il la qualifier de « brave fille » et l'appeler « mon chou » ? Avisant du coin de l'œil le regard de Jack tourné dans sa direction, elle comprit qu'il avait tout entendu. Quelle humiliation !

En outre, elle se demandait ce qui justifiait sa présence à l'agence. Ce ne pouvait pas être une coïncidence. Pourquoi était-il venu ? Pour elle ? L'idée lui parut incongrue… et excitante !

Après avoir fini son café, elle se leva dignement. Elizabeth se matérialisa à son côté.

— Avez-vous une minute, Grace ?

— Heu… oui, bien sûr. En quoi puis-je vous aider ?

Elizabeth lui adressa un sourire. Agée d'une cinquantaine d'années, sa collègue s'était toujours montrée très agréable avec elle. Elle l'avait même aidée à accomplir ses premiers pas à l'agence.

— Ces cottages à Culworth sont-ils toujours à vendre ? demanda-t-elle à voix basse.

— Ceux qui intéressent M. Grafton ?

— Oui. Je suppose que vous lui avez appris que son offre a été rejetée ?

— En effet, admit Grace en fronçant les sourcils. Il veut que je parle de nouveau à Mme Naughton.

— A-t-il fait une autre offre ?

— Non.

— Je vois, dit Elizabeth d'un air pensif. Eh bien, dans ce cas, cela m'étonnerait que Mme Naughton change d'avis.

— J'ai essayé de le lui faire comprendre.

— J'imagine, oui. Il se trouve qu'un autre client aimerait les voir.

— Les cottages ?

Grace tourna la tête vers Jack, dont l'expression était indéchiffrable. A quoi jouait-il ?

— Oui, répondit Elizabeth d'un ton enjoué. Malheureusement, j'ai rendez-vous avec les Lawson à midi et n'ai donc pas le temps de me rendre à Culworth. Or, M. Connolly voudrait les voir *ce matin*.

Grace se mordit la lèvre pour masquer son agitation.

— Je vois… Voulez-vous que j'y aille à votre place ?

— Je vous en serais vraiment reconnaissante. Il se peut que cela ne donne rien, mais M. Connolly est architecte. Il cherche des biens dans la région.

Se penchant vers Grace, elle ajouta sur le ton de la confidence :

— Ce serait super si vous pouviez dire à William Grafton que Mme Naughton a reçu une offre plus intéressante.

Grace hocha la tête en silence. Rien ne la rendrait plus heureuse en effet. Mais inutile de se bercer d'illusions : elle doutait que Jack s'intéresse réellement à ces cottages. Quoi qu'il en soit, elle ne pouvait pas laisser tomber sa collègue.

— D'accord, Elizabeth, je m'occupe de M. Connolly. J'espère qu'il est venu en voiture.

Comme si elle ignorait à qui appartenait la Lexus garée à deux pas.

— Oh ! j'en suis sûre !

Elizabeth retourna auprès de son client, laissant Grace rassembler ses affaires.

A quoi devait-elle s'attendre avec Jack ? Quelles étaient ses intentions ?

Réprimant un frisson d'excitation, elle se leva et prit sa veste sur le dossier de sa chaise.

— M. Connolly a sa propre voiture, lui annonça Elizabeth en revenant vers elle.

— Très bien… Connaît-il la route pour Culworth ?

— Il a dit qu'il vous suivrait. Vous savez, j'y serais allée moi-même, si je n'avais pas eu ce rendez-vous.

— Je sais. Merci pour la confiance que vous m'accordez. M. Connolly est-il prêt à partir ?

— Je le suis.

Grace n'avait pas vu Jack approcher et sa voix grave lui envoya mille frissons dans tout le corps. Elizabeth se tourna vers lui avec un grand sourire.

— Mlle Spencer s'occupera de vous. Je vous verrai plus tard, n'est-ce pas ?

— Entendu.

Grace agrippa son sac à main et précéda Jack jusqu'à la porte de l'agence. Quand ils furent suffisamment loin pour ne pas être entendus, elle se tourna vers lui.

— Puis-je savoir ce que vous avez en tête ?

Jack haussa les sourcils devant ce ton accusateur.

— J'envisage de visiter des cottages délabrés dans un village du nom de Culworth. N'est-ce pas ce que votre collègue vous a dit ?

Grace laissa échapper un soupir.

— Comme si ces vieilles masures pouvaient avoir un attrait pour vous.

— Détrompez-vous !

Elle leva les yeux au ciel, exaspérée.

— J'ai du mal à comprendre en quoi ces cottages peuvent vous intéresser. Vous n'êtes pas promoteur immobilier. Si votre intention est de m'aider à gérer la situation avec M. Grafton, c'est gentil de votre part, mais je doute qu'il abandonne son projet simplement parce qu'un autre client s'est manifesté.

— Je le concède, admit Jack.

Lui-même s'étonnait d'avoir pris cette initiative. Mais en entendant ce que Grafton avait dit à Grace, une furieuse envie de déjouer ses plans l'avait saisi.

— Toutefois, je suis architecte, reprit-il avec sérieux. Et j'ai beaucoup de temps libre. Peut-être pourrais-je investir dans un autre bien et le rénover.

— Il ne s'agit pas d'un cottage, mais de six !

— Ah oui ? C'est un beau défi, dans ce cas.

— Vous ne pouvez pas être sérieux, dit Grace en secouant la tête.

— Désolé, mais je sais mieux que vous ce que j'ai en tête.

Son ton s'était refroidi en prononçant ces dernières paroles, sans doute pour lui rappeler qu'elle était une employée de l'agence et lui un client potentiel. Grace ne pouvait pas se permettre de l'offenser.

— Parfait, marmonna-t-elle en s'efforçant de retrouver une attitude professionnelle. Je vais récupérer ma voiture.

— Nous pourrions prendre la mienne.

— Non merci, répliqua-t-elle en lui décochant un regard noir. Ma voiture est garée derrière l'agence. Accordez-moi deux minutes, le temps de contourner le bâtiment.

Jack acquiesça d'un signe de tête, tout en s'interrogeant sur son propre comportement. Pourquoi avait-il prétendu être à la recherche d'un bien ? Grace avait raison : il n'était pas venu à Rothburn pour cela.

Agacé, il la regarda s'éloigner. L'envie soudaine de regagner sa voiture et de disparaître le saisit, mais il renonça à le faire. Pour une obscure raison, le peu d'enthousiasme de Grace à l'idée de l'accompagner éveillait en lui le désir de lui imposer sa présence.

Chassant les pensées inopportunes qui l'assaillaient, Jack reporta son attention sur la circulation. Bientôt, une petite Civic rouge vint dans sa direction. Une fois qu'il en eut reconnu la conductrice, il se dirigea vers sa Lexus et s'installa au volant. D'un signe de tête, il indiqua à Grace qu'il était prêt à la suivre.

Ils conduisirent vers le nord pendant quelques kilomètres, puis prirent la direction de la mer, qui leur apparaissait par intermittence au gré des collines. Au bout d'une longue route sinueuse, ils gagnèrent le bourg de Culworth, qui donnait sur une crique rocheuse.

Jack suivit la Civic de Grace jusqu'à une aire de stationnement pavée devant une église en ruine. Leur arrivée chassa une nuée d'oiseaux, qui s'égaillèrent au-dessus de leurs têtes.

Songeuse, Grace regarda Jack venir dans sa direction, impressionnée par sa haute stature tout en muscles. Comparé à Sean, cet homme était vraiment imposant !

— Bon sang, ces corbeaux m'ont fait une peur bleue ! lança Jack en riant.

Grace lui décocha un regard sceptique.

— Si vous voulez bien me suivre, je vais vous montrer où se trouvent les cottages.

— D'accord.

Jack s'engagea avec elle le long d'un chemin étroit qui bordait le mur de l'église. Electrisée par la présence de cet homme à son côté, Grace s'efforça de marcher plus vite pour le devancer. Perchée sur ses hauts talons, elle faillit trébucher sur une pierre disjointe.

— Ça va ? lui demanda Jack dans son dos.

— Oui, répliqua-t-elle, agacée. Nous ne sommes plus très loin.

Ils dépassèrent quelques cottages isolés, une vieille école désaffectée, puis s'engagèrent dans un chemin qui longeait la falaise. Au loin, Jack aperçut un groupement de maisons, sans doute leur destination. En approchant, il découvrit des façades à la peinture écaillée, des fenêtres brisées, des portes aux gonds disjoints. L'endroit offrait toutefois une vue imprenable sur la côte sauvage et la mer en contrebas.

Lorsqu'ils gagnèrent le lotissement, Grace se tourna vers Jack.

— Ce n'est pas ce que vous imaginiez, je présume ?

Jack jeta un coup d'œil alentour.

— Pouvons-nous visiter l'une de ces maisons ? demanda-t-il.

— Si vous y tenez, répondit-elle en haussant les épaules. Tout est très sale à l'intérieur. Les toits fuient et la pluie a fait des dégâts.

— Je veux bien le croire, dit Jack avec un léger sourire. Est-ce ainsi que vous encouragez les acheteurs potentiels ?

Grace ne put s'empêcher de lui rendre son sourire.

— Pas vraiment, non.

Elle sortit un trousseau de clés de son sac, puis se dirigea vers les grilles qui entouraient le groupement de maisons. Le portail rouillé résista quelque peu, mais finit par s'ouvrir.

Ils le franchirent et empruntèrent l'allée qui menait à la première maison. Cette fois, la porte voulut bien s'ouvrir sans difficulté.

Grace entra la première et étouffa un juron quand

elle marcha dans une grande flaque d'eau. Bon sang, ses escarpins neufs seraient ruinés !

Alarmé, Jack la rejoignit en évitant soigneusement les flaques, puis jeta un regard consterné sur ses chaussures maculées de boue.

— Ah, bonjour les dégâts !

— Ce n'est pas grave, répliqua Grace en détournant les yeux. Ce n'est qu'un peu d'eau boueuse.

Les murs aux papiers déchirés, à moitié moisis, ne valaient guère mieux que le sol. L'escalier en bois menant à l'étage n'inspirait pas davantage confiance.

— Vous êtes sûre que ça va ? insista Jack.

— Oui, à part ce cadre lugubre. Comme vous pouvez le constater, les maisons ont besoin d'une rénovation complète. Peut-être vaudrait-il mieux les démolir et en construire de nouvelles.

— Non, je ne dirais pas ça.

Jack procéda à une inspection rapide du rez-de-chaussée. Les murs lui paraissaient sains et de construction robuste. Ils avaient besoin d'être consolidés, mais si les fondations étaient solides, cela ne poserait aucun problème.

— Admettez tout de même qu'une remise à neuf demanderait beaucoup de travail. M. Grafton semblait craindre des remontées d'humidité.

— Parole de spécialiste ! remarqua Jack avec ironie.

Grace se surprit à sourire malgré elle.

— En tout cas, c'est un vrai entrepreneur, pas un touriste motivé par des raisons obscures.

— C'est l'opinion que vous avez de moi ? Pensez-vous que je vous fais perdre votre temps ?

— N'est-ce pas le cas ? lança Grace en affrontant le bel Irlandais du regard, malgré son envie de fuir.

Contre toute attente, Jack repoussa la porte qui se

referma sur eux, les plongeant dans une semi-obscurité. Aussitôt, elle fut saisie par une bouffée d'appréhension.

— Selon vous, j'aurais sollicité cette visite uniquement pour me retrouver seul avec vous, Grace ?

5.

— Non… ce n'est pas ce que j'ai voulu dire, protesta-t-elle en reculant de quelques pas. Il se trouve que… M. Grafton a déjà fait une offre pour ces maisons. Il m'a demandé de contacter la propriétaire pour tenter de négocier le prix de vente.

— Oui, je suis au courant.

Jack s'éloigna de la porte et avança dans la pièce. Les cottages étaient tous construits sur le même modèle. Ils comprenaient une entrée, une pièce unique au rez-de-chaussée et deux chambres à l'étage. La cuisine était pourvue d'une porte donnant sur un jardin à l'arrière de la maison.

— Pensez-vous que Mme… North acceptera l'offre de M. Grafton ?

Appuyé au chambranle qui séparait la pièce à vivre de la cuisine, Jack dominait Grace de toute sa hauteur. Le charme envoûtant qui émanait de lui la fit frissonner. Il paraissait très sûr de lui. Contrairement à elle, hélas…

— Elle s'appelle Mme Naughton, répondit-elle d'une voix mal assurée. Et pour le reste, j'ai bien peur qu'il s'agisse d'informations confidentielles.

Jack haussa les épaules, désinvolte, préférant ne pas insister.

— D'accord, répondit-il d'un ton léger. Puis-je visiter la maison ?

Quand il se redressa, Grace eut un mouvement de recul.

Pourquoi cette attitude défensive ? s'interrogea-t-il, surpris. De quoi avait-elle peur ? Que craignait-elle au juste ? S'était-elle rendu compte de l'attrait qu'elle exerçait sur lui ?

— Eh bien, nous y sommes, non ? demanda Grace d'une voix pincée.

— Je veux tout voir : le rez-de-chaussée et l'étage. Vous aimeriez vendre ces biens, oui ou non ?

— Evidemment !

— Dans ce cas, faites-moi visiter les lieux.

Grace prit une profonde inspiration pour se donner le courage d'affronter son trop séduisant client.

— Très bien, je vais vous montrer le reste de la maison, dit-elle en passant devant lui.

Grace n'était jamais montée à l'étage jusqu'ici. William Grafton s'était contenté d'un coup d'œil sur le rez-de-chaussée pour décréter que les cottages avaient besoin d'une rénovation complète, raison pour laquelle il avait revu son offre à la baisse. Selon lui, tous les murs étaient rongés par l'humidité.

Malgré le peu de confiance que lui inspirait le vieil escalier, Grace s'obligea à l'emprunter. S'il s'avérait que les marches étaient branlantes, c'était à elle de le découvrir : M. Hugues n'apprécierait pas d'apprendre que, par sa faute, un client potentiel s'était cassé une jambe.

L'odeur de moisissure en provenance de l'étage semblait encore plus prononcée. Grace décida de se concentrer sur la visite plutôt que sur son étrange client.

En montant l'escalier, elle se maudit d'avoir opté pour une jupe aussi courte. La présence de Jack juste derrière elle la mettait au supplice. Le parfum de son eau de toilette lui chatouillait les narines.

Une fois parvenue dans la première chambre, elle comprit pourquoi l'air était vicié à ce point. Ici aussi, la fenêtre avait été brisée, mais on avait placé un morceau de carton pour combler l'ouverture. Visiblement, des squatteurs avaient élu domicile dans cet endroit, comme en témoignaient des restes d'emballages de *fast-food* éparpillés çà et là.

— Des enfants, sans doute, suggéra Jack devant la mine effarée de Grace. Je doute qu'il s'agisse de sans-abri : ils auraient choisi un endroit un peu moins insalubre.

— Vous croyez ? Je ne suis pas montée à l'étage avec M. Grafton. J'ignorais que les chambres étaient dans cet état.

Pour se rapprocher de la fenêtre, Jack dut enjamber un vieux duvet.

— Je veux bien vous croire ! dit-il à Grace avec un sourire amusé. Je n'aimerais pas non plus m'aventurer ici avec lui.

— Vous vous trouvez drôle ?

Il laissa échapper un soupir.

— Pas vraiment, je cherchais simplement à détendre l'atmosphère. Pourrions-nous faire la paix ?

— Comment ça, « faire la paix » ?

— Bon sang, Grace, pourquoi me traitez-vous comme un chien galeux ?

— Vous vous trompez, protesta-t-elle. J'essaie simplement de faire mon travail.

— Très bien, répliqua Jack, sceptique. Dans ce cas, approchez. Venez voir le danger que représente cette fenêtre.

Grace hésita un court instant avant de le rejoindre.

— Regardez, poursuivit-il en lui montrant du doigt les débris de verre répandus sur le sol. Peut-être devriez-vous informer la propriétaire. On la tiendrait certainement pour responsable s'il arrivait quelque chose de grave à quelqu'un.

— Oui, sûrement, admit-elle à contrecœur.

Elle ne pouvait qu'adhérer aux propos de Jack. En sa qualité d'avocate, elle savait que les juges se montraient souvent intraitables dans ce genre de circonstances.

Quand il se retourna pour la regarder, elle constata qu'il

était tout proche d'elle. Un magnétisme torride émanait de sa personne. Seigneur…

Sans réfléchir, elle recula vivement et s'empêtra dans le duvet étalé au sol derrière elle. Elle serait très certainement tombée sans l'intervention de Jack pour la retenir. Il l'agrippa par les épaules et elle se retrouva contre son large torse, le cœur battant.

Le temps s'arrêta soudain, tandis que ni l'un ni l'autre n'amorçaient le moindre geste pour rompre le charme de l'instant. C'était insensé et exquis à la fois. Tentant de rassembler ses esprits, Grace leva le visage vers celui de Jack. Leurs regards se soudèrent.

— Nous… nous devrions partir, maintenant, bredouilla-t-elle dans un souffle.

Jack la contempla longuement, comme s'il cherchait à graver ses traits dans sa mémoire. Les dents serrées, il semblait habité par une tension extrême. Puis, doucement, ses traits se détendirent tandis qu'il revenait visiblement dans le réel à son tour.

— Oui, admit-il d'une voix rauque.

Puis, contre toute attente, il baissa la tête et posa la bouche sur la sienne, en un baiser d'une sensualité délicieuse.

Jack enlaça étroitement la jeune femme, dont le corps se moulait au sien ; il goûtait la pression de ses seins contre son torse. Il avait pleinement conscience de l'erreur qu'il était en train de commettre, mais ses sens en ébullition avaient pris le dessus.

Bon sang, Grace était la fiancée de Sean ! Un fruit défendu… Au prix d'un effort surhumain, il s'écarta, puis recula d'un pas.

— Comme vous le disiez, nous devrions partir.

Grace demeura un long moment immobile, le souffle court, les yeux dans le vague, perdue, désemparée. Ce qu'elle venait de vivre s'était-il vraiment produit ou l'avait-elle rêvé ?

Non, ce n'était pas une hallucination. La chaleur qui l'irradiait était bien réelle, Jack aussi, de même que ses lèvres sur les siennes quelques secondes auparavant. Elle en savourait encore la douceur enchanteresse.

— Heu… oui, vous avez raison, dit-elle d'une voix rendue rauque par l'émotion.

Jack serra les poings, luttant contre l'envie de l'attirer de nouveau dans ses bras, de glisser les mains sous la fine étoffe de son corsage, le long de ses jambes divines.

— Je… je suppose que vous en avez vu assez, reprit Grace.

Elle se baissa pour agripper son sac à main, qu'elle avait sans doute laissé tomber en trébuchant sur le duvet.

Jack hocha la tête, préférant ne pas relever l'ambiguïté des propos de Grace : il n'en avait certainement pas vu assez, loin de là…

Grace s'était reprise durant le trajet de retour jusqu'à Rothburn. Une fois garée, elle avait remis de l'ordre dans ses cheveux et dans sa mise. Malgré quelques retouches de maquillage, elle savait que son visage avait conservé les traces du baiser passionné échangé avec Jack. Ses lèvres pleines étaient un peu gonflées, ses joues plus roses aussi.

Lorsqu'elle poussa la porte de l'agence, Elizabeth leva la tête vers elle.

— M. Connolly a-t-il manifesté de l'intérêt ?

Grace parvint à adresser un léger sourire à sa collègue.

— Pas vraiment, répondit-elle après une brève hésitation.

Elle se rendit compte qu'elle n'avait aucune idée de ce que Jack avait pensé de la visite.

Tous deux avaient regagné en silence leur véhicule

respectif et pris la route sans même un au revoir. Grace avait vu dans son rétroviseur que Jack l'avait suivie jusqu'à l'entrée de la ville ; quand il avait obliqué dans une autre direction, elle en avait ressenti un immense soulagement.

— Tout va bien ? demanda Elizabeth d'un ton inquiet.

Visiblement, celle-ci avait remarqué que quelque chose clochait dans son comportement. Mais Grace ne pouvait lui confier son malaise, pas plus à elle qu'à qui que ce soit. En outre, elle était furieuse de s'être comportée comme elle l'avait fait. N'avait-elle donc tiré aucun enseignement de son expérience avec Sean ?

— Je vais bien, dit-elle d'un ton ferme tout en se dirigeant vers son bureau. Il faut que je prenne contact avec Mme Naughton pour lui expliquer que ses cottages présentent certains dangers.

— Vraiment ?

Elizabeth la suivit jusqu'à son bureau, attendant visiblement d'autres explications. Grace prit le temps de ranger son sac à main dans un tiroir avant de répondre :

— Certaines vitres sont cassées, d'autres sont prêtes à se détacher.

— Je vois…

Elizabeth s'interrompit, pointant le doigt vers la veste de Grace.

— Mon Dieu ! Comment vous êtes-vous fait cela ?

Avisant la tache qui maculait le bas de sa veste, Grace haussa les épaules.

— J'ai eu du mal à ouvrir le portail. C'est en le poussant que je me suis salie.

— Il faudra demander à l'agence de payer la note du pressing.

— Ce n'est pas grave, affirma Grace, tentant de chasser de son souvenir le fiasco de la matinée.

— Je comprends mieux pourquoi vous étiez contrariée

à votre retour, remarqua Elizabeth avec un sourire de compassion.

Grace pensait en avoir fini avec sa collègue, mais celle-ci revint à la charge.

— Au fait, que disiez-vous au sujet des fenêtres des cottages ?

A contrecœur, Grace lui rapporta les propos que lui avait tenus Jack.

— Vous avez raison, cela pourrait être source de problèmes. Vous feriez mieux d'appeler Mme Naughton et de lui expliquer la situation. On ne sait jamais, peut-être finira-t-elle par accepter l'offre de Grafton. C'est une vieille dame. Elle n'a sûrement pas envie d'affronter des tracasseries administratives ou judiciaires.

Grace ne pouvait qu'adhérer à ces propos, même si l'idée que William Grafton fasse main basse sur les cottages lui déplaisait.

Il lui fut impossible de joindre Mme Naughton de toute la journée. Grace décida donc de tout mettre en œuvre pour la contacter le lendemain, quitte à faire la route jusque chez elle, un peu plus loin sur la côte. Ainsi, grâce à ce déplacement, elle ne serait pas présente à l'agence si d'aventure Jack Connolly décidait de leur rendre de nouveau visite…

6.

Jack était encore couché quand la sonnette de la porte d'entrée retentit. Etouffant un juron, il enfouit sa tête dans l'oreiller. Il n'était pas d'humeur à recevoir des visiteurs.

La sonnette retentit encore et encore, sur un mode de plus en plus agressif, obligeant Jack à sortir de son lit.

Sans se soucier de sa nudité, il se planta devant la fenêtre de sa chambre et risqua un coup d'œil au-dehors. Une voiture inconnue, au capot démesuré, d'un modèle ancien, était stationnée dans l'allée. A qui pouvait-elle bien appartenir ?

Avec un soupir exaspéré, il se détourna de la fenêtre et enfila prestement un jean et un T-shirt. Les cheveux en bataille et pieds nus, il gagna le rez-de-chaussée. Dans l'allée se tenait un inconnu de soixante-cinq ans environ, plutôt robuste, vêtu d'une tenue d'un autre âge : un veston croisé sur un pantalon enfoncé dans des bottes qui lui arrivaient aux genoux.

L'homme s'apprêtait à se présenter quand une femme plutôt âgée émergea de l'arrière de la voiture.

— Laissez, James, je vais me débrouiller. Et restez dans la voiture, s'il vous plaît.

— Bien, madame.

— Monsieur Connolly, je présume, dit la visiteuse en fixant Jack de son regard perçant. Allez-vous m'inviter à entrer ?

— Madame Naughton ?

De qui d'autre pouvait-il s'agir ? D'après les ouï-dire, la vieille dame vivait dans un autre siècle.

— Oui, c'est exact. Puis-je entrer ?

— Bien sûr, je vous en prie, dit Jack en s'effaçant.

Une fois parvenu dans le salon, il proposa un café à sa visiteuse.

— Un café ! s'exclama celle-ci en levant les yeux au ciel. C'est ce que les jeunes consomment. Auriez-vous du thé ?

— Oui, madame. Je vous en prie, asseyez-vous, je vais mettre en route la bouilloire.

— N'avez-vous pas de personnel de maison, monsieur Connolly ?

— Non. Faites comme chez vous, je reviens dans un instant.

Sur ces mots, Jack se rendit dans la cuisine pour préparer du thé, et du café pour lui-même. Alors qu'il s'attendait à ce que la vieille dame inspecte ses armoires et tiroirs en son absence, il la retrouva confortablement installée dans son fauteuil préféré devant la baie vitrée, visiblement ravie par la vue.

Jack la rejoignit et déposa le plateau avec leurs boissons sur la table devant elle.

— Que me vaut l'honneur de cette visite ?

— Vous voulez acheter les cottages de Culworth, n'est-ce pas ?

— Ce n'est pas impossible, admit Jack avec prudence, une fois remis de sa surprise. Mais il semblerait que M. Grafton ait revu son offre à la hausse, si mes renseignements sont exacts.

— Très légèrement en effet, acquiesça Mme Naughton, avant de déguster une gorgée de thé. M. Grafton pense me tenir à sa merci parce que les maisons sont dans un état de délabrement avancé. Mais je n'aime pas qu'on me menace.

— Les cottages ne risquent pas de s'effondrer. Les intérieurs ont besoin d'être rénovés, mais les murs paraissent solides.

— C'est exactement ce que je lui ai dit. J'ai mandaté un maçon sur place, qui m'a assuré qu'il n'y avait aucun danger.

— Sauf au niveau des fenêtres, rectifia Jack, se demandant si le maçon avait réellement inspecté les lieux. Il semble que des jeunes aient squatté une chambre, dont le sol est parsemé d'éclats de verre. Rien qui puisse toutefois entamer la valeur du bien.

— C'est mon avis aussi ! s'exclama la vieille dame d'un air triomphant. C'est pourquoi j'ai décidé de vous donner la possibilité de me faire une offre. Ce que vous avez fait de votre maison me plaît beaucoup. J'aime la manière dont vous travaillez.

— Comment avez-vous appris mon intérêt pour les cottages ? N'avez-vous pas mandaté l'agence de Grant Hugues pour s'occuper de la vente à votre place ?

— En effet, admit Mme Naughton, imperturbable. Quoi qu'il en soit, quand j'ai su que vous étiez intéressé, je me suis renseignée sur vous : il semble que vous soyez plutôt bien nanti !

Jack haussa les sourcils, surpris. Avant qu'il puisse intervenir, la vieille dame se leva de son siège et riva son regard au sien.

— J'aimerais vérifier quelque chose, reprit-elle d'un air rusé. Votre intérêt pour mes cottages n'aurait-il pas été éveillé par la ravissante jeune femme qui vous les a fait visiter ?

Comme Jack ouvrait des yeux ronds, elle ajouta en riant :

— Eh oui, j'ai mes espions, monsieur Connolly. Le gardien du cimetière, qui est à la retraite maintenant, vous a vus passer devant sa maison. C'est comme ça que j'ai su que quelqu'un avait visité mes cottages…

Grace réprima un bâillement. Elle n'avait vraiment pas envie de travailler au pub, ce soir. Elle souffrait d'un mal de tête persistant et aurait préféré se coucher tôt pour oublier les propos que lui avait tenus son employeur plus tôt dans la journée : Grant Hugues lui avait appris que Jack Connolly avait acheté les cottages de Culworth ! Abasourdie, Grace avait parcouru les documents produits par le représentant légal de Jack pour confirmer la vente.

— Vous lui avez fait visiter les cottages sans ma permission, lui avait reproché son directeur, rouge de colère. William Grafton est un ami et un client fidèle de l'agence. Je ne sais rien de ce M. Connolly. Habite-t-il la région ?

Grace s'était retenue de lui indiquer que l'adresse de l'acheteur figurait sur les documents officiels qu'il avait fournis.

— Je crois qu'il vit à Rothburn.

— Vous *croyez* ? Ne faites donc pas l'innocente, Grace ! N'est-ce pas par vous qu'il a appris que les cottages étaient en vente ?

— Non ! avait-elle protesté avec véhémence. Je ne lui ai jamais parlé des cottages. Lors d'une de ses visites à l'agence, alors qu'il s'entretenait avec Elizabeth, il m'a entendue parler des cottages avec M. Grafton.

Comme M. Hugues persistait à la dévisager d'un air soupçonneux, elle avait ajouté :

— Il se trouve que c'est l'ami d'un ami. Ils ont fréquenté la même université.

— Et maintenant il vit dans la région ?

— Oui.

A court d'arguments, Hugues avait fini par déclarer :

— C'est vous qui devrez annoncer la nouvelle à William. C'est votre client. Je vous ordonne de l'informer à la première heure demain matin.

Cette perspective n'enchantait guère Grace. Grafton n'allait pas apprécier d'avoir raté cette affaire, et il ne manquerait pas de lui en faire porter toute la responsabilité.

— Grace ! Grace !

La voix de stentor de son père la ramena au présent. Il fallait qu'elle le rejoigne au bar. Avec un soupir, elle fit fondre deux comprimés d'aspirine et grimaça en les avalant. Si elle avait accepté d'aider son père ce soir au pub, c'était pour remplacer sa serveuse habituelle, partie rendre visite à la mère de son ex-mari hospitalisée à Newcastle.

Quand Grace gagna le pub presque désert, il était à peine plus de 7 heures. Elle commença par ranger des caisses de sodas dans les placards, puis entreprit d'essuyer des verres et de les aligner derrière le comptoir.

A mesure que le temps passait, le pub se remplissait d'habitués. Bientôt, il lui fallut courir entre le bar et la salle pour servir les gens à table. Elle n'était pas habituée à ce genre de travail, ses bras commençaient à lui faire mal ; heureusement, sa migraine s'était estompée.

Alors qu'elle portait deux assiettes garnies en salle, la double porte battante du pub s'ouvrit sur un homme qu'elle n'identifia pas immédiatement en raison du contre-jour. Quand elle le reconnut, son sang se figea dans ses veines.

— Hello, lui lança Jack Connolly.

— Bonjour, répondit Grace d'un ton mal assuré.

Puis, indiquant du menton les assiettes dans ses mains, elle ajouta :

— Si vous voulez bien m'excuser…

— Je voudrais vous parler, mais je ne savais pas comment vous joindre en dehors des horaires de l'agence.

— Nous n'avons rien à nous dire, rétorqua Grace en tournant les talons. Au revoir, monsieur Connolly.

En serrant les poings de frustration, Jack regarda la jeune femme s'éloigner. Il ne s'attendait pas à la voir sauter de joie, mais tout de même pas à être éconduit de la sorte. Pas après ce qui s'était passé entre eux…

Le souvenir demeurait vivace dans sa mémoire. Peut-être aurait-il dû lui présenter des excuses pour son comportement tout sauf honorable. Mais elle ne l'avait pas repoussé, que diable ! Au contraire, elle avait répondu avec fougue à son baiser.

Quoi qu'il en soit, ce n'était pas la seule raison de sa venue au pub. La visite de Mme Naughton quelques jours plus tôt l'avait un peu embarrassé ; puis, en y réfléchissant, l'idée d'acquérir ses cottages et de les rendre habitables l'avait séduit. Il avait besoin d'une occupation. L'oisiveté ne lui convenait pas vraiment. Certes, il n'avait pas l'intention de s'occuper des travaux lui-même, mais plutôt de les confier aux artisans qui avaient si joliment réaménagé sa maison.

Alors qu'il se dirigeait vers le bar, il vit Grace revenir de la salle du restaurant. Elle serait sans doute passée devant lui sans un mot si Jack n'avait pas levé la main pour la retenir.

— D'accord, dit-elle à mi-voix, je vous ai sans doute donné une mauvaise impression ce jour-là à Culworth. Mais inutile de revenir là-dessus. Ce n'était qu'un baiser, pour l'amour du ciel !

Malgré son irritation, Jack approuva d'un hochement de tête.

— Ravi que vous voyiez les choses comme ça. Quoi qu'il en soit, je suis venu vous présenter mes excuses.

— Vos *excuses* ?

Désarçonnée, Grace écarquilla les yeux.

— Oui. Vous auriez préféré que je laisse tomber les cottages, mais je suis sûr d'en faire de très belles habitations.

Grace demeura silencieuse, maudissant sa méprise. Il ne s'excusait pas de l'avoir embrassée, mais d'avoir acheté ces maudits cottages. Comme elle ne réagissait pas, Jack poursuivit :

— Sincèrement, je ne pensais pas faire une offre plus élevée que celle de Grafton, mais Mme Naughton…

— Quoi ? le coupa Grace en fronçant les sourcils. Vous avez contacté Mme Naughton ?

— Non, c'est elle qui est venue me voir.

— Mme Naughton vous a rendu visite ? Je ne vous crois pas.

Pourquoi Grace se montrait-elle aussi hostile alors qu'il n'avait rien fait de mal à part l'embrasser ?

— Que vous le croyiez ou non, c'est la vérité.

— Comment a-t-elle su où vous habitez ?

— Ça, je l'ignore.

Le visage de Grace se teinta de rose.

— Il… il faut que j'y aille, dit-elle en songeant à son père demeuré seul.

— Très bien.

Les portes du bar s'ouvrirent à la volée, livrant le passage à deux hommes, qui les dépassèrent en les dévisageant d'un air curieux.

— Il faut vraiment que j'y aille, répéta Grace, gênée.

— Je vous en prie, faites.

Jack semblait ne plus avoir envie de la retenir, ni même de s'attarder au pub. Un peu décontenancée, elle hésita un court instant avant de demander :

— Vous… vous ne restez pas prendre un verre ?

— Vu votre accueil, je préfère partir.

— Ceci est un endroit public. Je ne peux pas vous en chasser.

— En effet, admit Jack, le regard impénétrable. Mais vous ne souhaitez pas ma présence. Or j'ai ma fierté, voyez-vous.

— Et si je vous disais que ça m'est égal que vous restiez ou non ?

— Je ne vous croirais pas. Merci pour votre offre, Grace, mais je la décline.

Tom Spencer s'approcha d'eux.

— Papa ! s'écria-t-elle, gênée d'être surprise par son père en compagnie de Jack.

Tom marqua un temps d'arrêt, puis les dévisagea longuement à tour de rôle, sans rien dire.

7.

— Quelque chose ne va pas, ma fille ? demanda enfin le père de Grace.

Conscient du malaise de Grace, Jack décida de voler à son secours.

— Je suis Jack Connolly, monsieur Spencer, dit-il aimablement. J'informais Grace d'une proposition que j'ai faite sur des biens à vendre dans son agence.

Il marqua une pause et afficha un sourire contrit.

— Je regrette mon initiative, poursuivit-il. Je n'aurais pas dû venir l'ennuyer en dehors de l'agence.

— Il se trouve qu'elle travaille pour moi ce soir, répondit sèchement M. Spencer.

Puis, se tournant vers Grace, il reprit :

— Bill a préparé quatre plats qui sont prêts à être servis.

— Je m'en occupe tout de suite, répondit-elle prestement, avant de disparaître.

— Ma fille n'aime pas trop travailler au pub, expliqua le père de Grace, plus aimable à présent que celle-ci avait repris son service en salle. Je suis Tom Spencer. Nous sommes-nous déjà rencontrés ?

— Je ne crois pas, non. Je me suis installé il y a huit mois seulement. J'ai rénové cette vieille propriété, sur la route de la côte.

— Ah, je vois…

Malgré l'étonnement que manifestait Tom Spencer, Jack

eut le sentiment qu'il savait depuis le début qui il était. Soudain, il lui posa une question plutôt déconcertante :

— Vous connaissez le petit ami de ma fille, je présume ?

— C'est exact…, répondit-il prudemment.

— Sean est un bon garçon. Ma femme et moi l'apprécions énormément. Et cette rénovation, monsieur Connolly, comment se passe-t-elle ?

— J'ai terminé il y a deux mois environ. Lindisfarne House m'a occasionné beaucoup de travail, mais je ne regrette pas de l'avoir entrepris.

— Je veux bien le croire. Cette bâtisse a beaucoup de charme.

Tom Spencer dévisagea Jack un court instant, puis l'invita à le suivre au bar.

— Permettez que je vous offre un verre, lui dit-il avec amabilité. Nous nous faisons toujours une joie d'accueillir les nouveaux venus, au pub.

— Oh ! je ne crois pas…

— Allons, c'est le moins que je puisse faire après avoir interrompu votre conversation avec Grace. Et j'aimerais que vous me parliez de ces biens que vous envisagez d'acheter.

Quelle ironie ! Tom Spencer n'avait pas envie de voir sa fille fréquenter des inconnus, mais il n'était pas contre l'idée de recueillir quelques informations… Refuser aurait été grossier, alors, après une brève hésitation, Jack accepta de le suivre jusqu'au comptoir.

Grace était très affairée. Il la vit repasser chargée d'un plateau garni de plusieurs assiettes. Au regard furtif qu'elle lui jeta, ainsi qu'à son père, il comprit qu'elle se demandait de quoi tous deux avaient bien pu s'entretenir.

Jack s'installa au bar et commanda une bière, qu'il dégusta avec plaisir. Elle était fraîche à souhait. Avant que Tom Spencer puisse l'interroger sur ses projets, Grace était revenue. Prétextant la fatigue, elle demanda à son père de la relayer en salle.

— Vous avez changé d'avis, remarqua-t-elle à mi-voix. J'espère que mon père ne s'est pas montré trop curieux.

— Je sais gérer ce genre de situation. Et vous ?

— Comment ça, moi ?

Grace lui jeta un regard affolé, et Jack fut de nouveau stupéfait par le vert profond de ses grands yeux. Il aurait aimé prendre son visage anxieux en coupe et en effacer les cernes du bout des doigts. Des mèches rebelles échappées de sa queue-de-cheval tombaient de chaque côté de son visage à l'ovale parfait. Jack dut se retenir pour ne pas les effleurer de la main.

Il ne pouvait pas répondre à la question de Grace sans trahir les émotions qui le traversaient. Il n'aurait pas dû venir ici ni accepter l'invitation de Tom Spencer. Et surtout, il n'aurait jamais dû laisser ses sens prendre le contrôle de sa raison…

Il dégusta une dernière gorgée de bière, puis reposa son verre sur le comptoir.

— Permettez que je vous en offre une autre, dit Grace précipitamment.

— Non merci, j'ai assez bu. Cette bière était délicieuse. Vous remercierez votre père pour moi.

— Vous partez ?

— N'est-ce pas ce que vous souhaitez ?

Grace déglutit péniblement. Jack avait raison : rester plus longtemps ne ferait qu'aggraver son malaise. L'attirance qu'il exerçait sur elle la mettait au supplice.

— Je… j'aurais aimé savoir ce que Mme Naughton vous a dit, mentit-elle pour le retenir. Qu'avez-vous pensé d'elle ? C'est un sacré personnage, vous ne trouvez pas ?

— En effet, approuva Jack avec une petite grimace. La connaissez-vous ?

— Un peu seulement. C'est moi qui l'ai reçue à l'agence quand elle nous a confié la vente de son bien.

— Je vois. Puis Grafton s'est présenté.

Grace laissa échapper un soupir contrarié.

— Il va falloir que je lui annonce que les cottages ne sont plus à vendre. Il ne va pas être très content.

— Voulez-vous que je me charge de l'informer ?

L'idée était séduisante, mais Grace secoua la tête.

— C'est mon travail. M. Hugues s'est montré très clair sur le sujet.

— Hugues ? Ah oui, le directeur de l'agence.

— Mon patron, en d'autres termes.

Avisant un client qui requérait son attention, elle alla s'en occuper. A son retour, Jack s'était levé de son tabouret de bar.

— Je vais vous laisser tranquille. Vous êtes très occupée. N'oubliez pas de remercier votre père pour la bière. Bonne nuit, Grace.

Elle lui adressa un vague geste de la main. Elle n'avait pas envie qu'il s'en aille, mais il avait raison : l'affluence était telle qu'elle ne pouvait plus lui consacrer de temps.

Quand l'activité se calma en salle, son père la rejoignit.

— M. Connolly est parti ? demanda-t-il en parcourant le bar des yeux. De quoi avez-vous parlé ?

— De tout et de rien, éluda Grace du bout des lèvres. Nous avons discuté de son acquisition, évidemment. Pourquoi ?

— Oh ! pour rien. Je suis curieux, c'est tout. Vous aviez l'air de bien vous entendre.

— Papa !

— Sean le connaît-il bien ? Moi, si j'étais ton petit ami, je me méfierais.

— Que vient faire Sean dans cette histoire ? répliqua-t-elle en levant les yeux au ciel, exaspérée.

— Il tient à toi. Je sais que vous êtes un peu fâchés en ce moment, mais tous les couples connaissent des différends. Vous les surmonterez.

— Peut-être, concéda-t-elle pour ne pas contrarier davantage son père. Quoi qu'il en soit, Jack Connolly ne s'intéresse pas à moi.

— Ah bon ?

— C'est seulement un client, papa ! Même s'il m'arrive de t'aider au pub, mon vrai travail est à l'agence.

— C'est *ton* client ? Est-ce toi qui t'occupes de lui ?

— Pas vraiment, non. Il se trouve que je lui ai fait visiter les cottages de Culworth la semaine dernière.

— Ceux qui intéressent Will ?

— Will ? Oh ! tu veux dire M. Grafton… Oui, en effet. M. Connolly les a achetés.

Grace s'était soudain rappelé que William Grafton et son père entretenaient des relations amicales.

— Je vois, dit ce dernier, la mine sombre. Qu'a-t-il l'intention de faire de ces bicoques ?

— Je l'ignore, papa. Je connais à peine Jack Connolly. C'est un architecte. Je suppose qu'il envisage de rénover les cottages comme M. Grafton avait prévu de le faire.

— Comment se fait-il qu'il ait obtenu l'affaire ? Will n'était-il pas prioritaire ?

— Il l'était en effet, mais Mme Naughton a préféré l'offre de M. Connolly. Ce n'est pas ma faute. Elle peut décider de vendre à qui elle veut.

Il faisait nuit quand Jack regagna Lindisfarne House. Lorsqu'il ouvrit la porte et pénétra dans le hall, il comprit aussitôt qu'il n'était pas seul.

Dès qu'il alluma les lumières, il aperçut Lisa, assise sur les marches, les jambes croisées, toujours chaussée de son unique sandale.

— Je croyais que tu ne fréquentais jamais les bars.

— Jamais est un peu exagéré, répliqua-t-il en haussant les épaules.

Sans attendre une quelconque réponse de Lisa, il se dirigea vers la cuisine pour se préparer un café. Il était énervé, frustré, et l'apparition de sa défunte épouse n'arrangeait rien.

— Il y a une casserole dans le réfrigérateur, reprit la voix de Lisa. Mme Honeyman l'a apportée ce matin.

Jack ne put retenir un demi-sourire. Sa gouvernante, toujours inquiète à l'idée qu'il ne se nourrisse pas convenablement, lui concoctait régulièrement des petits plats. Cette délicate attention n'avait cependant pas chassé son agacement. Il posa brutalement sa tasse de café sur le comptoir. L'envie d'envoyer Lisa sur les roses le saisit, mais il savait que ce serait vain : elle ne partirait qu'après lui avoir dit ce qu'elle avait sur le cœur.

— Qu'est-ce qui t'a mis de si mauvaise humeur ? insista-t-elle.

— Cela ne te regarde pas. Et à moins de chercher la bagarre, je te suggère de me laisser tranquille.

— Oh ! j'ai peur ! ironisa Lisa.

Jack était particulièrement irrité, et parler à un fantôme ne faisait qu'aggraver son état.

— Te serais-tu de nouveau disputé avec la ravissante demoiselle Spencer ?

— Fiche-moi la paix, Lisa !

— C'est bien ce que je craignais : c'est le genre de personne à attirer les problèmes.

— C'est ça…

— Je suis sérieuse !

— Arrête de me parler de cette fille. Je te rappelle qu'elle a un petit ami.

— Sean Nesbitt, tu parles ! A ta place, je ne verrais pas en lui un obstacle.

— Que veux-tu dire ?

Jack dévisagea Lisa, dont déjà l'image s'estompait. « Oh ! rien », lui sembla-t-il entendre juste avant qu'elle disparaisse.

Au comble de la frustration, Jack frappa du poing sur le comptoir. Il commençait vraiment à perdre la tête. Combien de temps encore parlerait-il au fantôme de sa femme ?

Heureusement, il avait enfin trouvé une activité qui allait lui occuper l'esprit.

Trois semaines plus tard, Jack signa les papiers attestant que les cottages de Culworth lui appartenaient. Son avocat s'était assuré que tout était conforme et qu'aucun vice de procédure ne serait à déplorer.

La vente se conclut aimablement avec Mme Naughton, qui s'était déclarée ravie de l'avoir choisi comme acquéreur. Elle lui avait même proposé de dîner avec elle un soir, mais il n'avait pas encore donné suite.

Le directeur de l'agence s'était montré moins enthousiaste, en revanche. Même si Mme Naughton s'était acquittée rubis sur l'ongle des frais qui lui incombaient, Grant Hugues avait fait la fine bouche. Jack en était venu à penser que le patron de Grace était un rustre doublé d'un imbécile. Il en voulait plus à son employée d'avoir compromis une vente au bénéfice de l'un de ses amis qu'à Mme Naughton, qui avait pourtant décidé de n'en faire qu'à sa tête en le choisissant lui plutôt que William Grafton.

Lors de sa visite à l'agence pour signer l'acte de vente, il s'était demandé s'il rencontrerait Grace, mais seule

Mme Fleming occupait l'un des deux bureaux de la réception. Il avait failli lui demander où se trouvait sa collègue, puis s'était ravisé.

Il en était arrivé à la conclusion qu'il ne reverrait probablement jamais Grace Spencer. Et c'était mieux ainsi…

Un samedi midi, alors qu'il rentrait chez lui après avoir passé la matinée à Culworth avec son chef de chantier, il aperçut la Mercedes grise de Sean garée devant son portail.

Jack s'en approcha au volant de sa Lexus : la voiture était vide et il n'y avait personne aux alentours. Il poussa un soupir de soulagement : il s'était peut-être trompé, la Mercedes appartenait probablement à quelqu'un d'autre. Soulagé, il reprit son chemin jusqu'au perron de Lindisfarne House.

Après avoir fourragé dans ses poches à la recherche de ses clés, il finit par trouver celle qui ouvrait sa porte d'entrée. La chaleur était telle qu'il rêvait de se glisser sous la douche. Pressé de se débarrasser de la poussière qui s'était infiltrée partout dans ses vêtements et jusque dans ses cheveux, il enleva son T-shirt et le jeta dans sa sacoche. Au moment où il allait s'engouffrer dans la maison, une voix le héla, le stoppant dans son élan :

— Eh, Jack, attends !

Serrant les poings, il se retourna et aperçut Sean — et Grace — à l'angle de la maison.

— Nous admirions ton jardin, lui dit Sean avec un sourire joyeux. N'est-ce pas, Grace ? Nous pensions, ou du moins espérions que tu rentrerais déjeuner.

Grace hocha la tête avec un sourire crispé. C'était la première fois qu'elle voyait Jack torse nu et cette vision lui avait envoyé mille fourmillements dans tout le corps.

— Eh bien…, dit Jack après un court instant d'hésitation, je vous en prie, entrez.

— Merci, mon pote, répondit Sean en le suivant à l'intérieur de la maison.

Une fois dans le salon, Jack les invita à s'asseoir.

— Installez-vous. Je vous rejoins dans une minute, j'ai besoin de me rafraîchir.

8.

— Je te l'avais dit, claironna Sean lorsqu'il fut certain que Jack ne pouvait plus les entendre. Je savais qu'il traînait dans le coin.

— Il aurait tout aussi bien pu se trouver à Culworth, objecta Grace. D'ailleurs, je pense qu'il en vient, vu la poussière incrustée dans ses vêtements et dans ses cheveux. On dirait qu'il rénove les cottages lui-même.

— Peu importe, nous l'avons trouvé.

Sean invita Grace à venir s'asseoir près de lui sur le canapé.

— Je tiens à te remercier d'avoir accepté de m'accompagner. Nous ne nous sommes pas parlé depuis des lustres. J'espère toujours que tu vas changer d'avis à propos de ton séjour ici.

— Je te rappelle qu'il ne s'agit pas d'un simple séjour, protesta-t-elle.

Elle avait reçu un choc lorsque Sean avait débarqué à l'improviste au pub, la veille au soir. Sept semaines s'étaient écoulées depuis son retour à Londres, aussi avait-elle espéré qu'il avait enfin admis leur rupture, et surtout qu'il avait trouvé un investisseur pour son site internet.

Rien n'était moins sûr avec lui… Toutefois, selon ses dires, il avait occupé la majeure partie de son temps à développer son réseau.

A son arrivée au pub, Tom lui avait annoncé une mauvaise

nouvelle : une compétition de surf se déroulait dans la région et il n'avait aucune chambre à lui proposer. Sean avait eu la décence de ne pas suggérer de s'installer dans celle de Grace. Il avait accepté sans rechigner de prendre ses quartiers dans un petit hôtel à proximité.

Grace craignait que le but du séjour de Sean soit d'emprunter de l'argent à Jack. Elle doutait toutefois que ce dernier se laisse abuser. Des sites comme celui que Sean voulait développer existaient déjà sur internet ; son idée n'avait rien d'original.

— Allez, sois un peu gentille, la pressa son ex. Faisons comme si nous formions un couple uni. Ne me mets pas dans l'embarras.

Grace ferma les yeux tandis qu'elle mesurait l'horreur de ce que Sean lui demandait. Serait-elle capable de donner le change alors qu'elle peinait à refréner son attirance pour Jack ?

Soudain, Sean se propulsa hors du canapé, interrompant ses pensées tumultueuses.

— J'ai envie d'une bière. Crois-tu que Jack verrait un inconvénient à ce que je me serve tout seul ?

— Cela ne se fait pas, voyons ! protesta-t-elle, outrée. Attendons qu'il revienne.

Puis, pour détourner son attention, elle tendit la main en direction de la fenêtre.

— Regarde cette vue fantastique ! Je me demande si les compétitions de surf ont commencé. Ce doit être intéressant d'y assister.

— Tu plaisantes ? rétorqua Sean d'un air méprisant. Merci pour l'invitation, mais je ne vais pas perdre mon temps à admirer de pseudo-athlètes en combinaison moulante qui s'évertuent à tenir debout sur des planches à repasser.

— Ce n'était pas une invitation, maugréa Grace, juste avant de se rendre compte que leur hôte les avait rejoints.

Visiblement, Jack avait pris une douche rapide, comme en témoignaient les fines gouttelettes qui perlaient dans ses cheveux. Cet homme était incroyablement sexy, quelle que soit la tenue qu'il portait ! Il avait troqué ses vêtements de travail contre un pantalon ample taille basse et une chemise noire au col largement ouvert. Troublée, Grace détourna les yeux. Heureusement, Sean ne semblait pas s'être rendu compte de son malaise.

— Jack ! lança-t-il avec un enthousiasme feint, nous admirions la splendide vue dont tu jouis dans cette maison.

— Vraiment ?

A son ton ironique, Grace comprit que Jack avait entendu une partie de leur conversation.

— Oui, vraiment ! poursuivit Sean sans se démonter. Alors, comment vas-tu ? Cette vie de campagnard te convient toujours ?

— Tu veux dire cette vie *oisive* ?

Peu désireux de s'engager dans cette voie, Sean haussa les épaules et se posta devant la fenêtre.

— Déambuler dans ton jardin m'a donné soif. Je ne serais pas contre une bière.

— D'accord, répondit brièvement Jack, avant de se tourner vers Grace : que désirez-vous ?

Comment répondre à cette question ? Elle sentit ses joues s'empourprer, tandis que des pensées érotiques lui traversaient l'esprit : Jack étendu nu à son côté, ses lèvres effleurant les siennes, ses mains explorant son corps... Un frisson la parcourut. Comment un simple regard pouvait-il la troubler à ce point ?

— Oh... peu importe, bredouilla-t-elle.

— Tout sauf de la bière, je présume ? dit Jack avec un léger sourire. Que diriez-vous d'un verre de vin blanc ?

— D'accord. Ce sera parfait.

Jack se dirigea vers la cuisine. Sean lui emboîta le pas.

Soulagée de demeurer seule au salon, Grace se laissa tomber sur le siège le plus proche. Ce répit serait de courte durée, mais il lui permettrait au moins de chasser le trouble qui s'était emparé d'elle.

Jack pénétra dans la cuisine, Sean sur les talons. Sa présence l'horripilait, mais il était déterminé à prendre son mal en patience. Pour Grace.

Il sortit deux bières du réfrigérateur ainsi qu'une bouteille de chardonnay, puis se mit en quête d'un tire-bouchon.

— Veux-tu un verre ?

— Pas la peine, répondit Sean en observant le cadre qui l'entourait.

Sans-gêne, il se percha sur l'un des tabourets de bar entourant l'îlot central de la cuisine.

— Tu habites un endroit splendide. Cette maison a dû te coûter une fortune !

— En fait, je l'ai obtenue à un prix raisonnable. Comme le père de Grace te l'a sans doute dit, elle était dans un état déplorable quand je l'ai achetée.

— Certes, mais tu n'as pas fait tous les travaux toi-même. Ne me dis pas que tu as mis la main à la pâte !

— Plus que tu ne crois, éluda Jack, avant de changer de sujet : parle-moi de toi. As-tu trouvé un poste dans le Northumberland ou as-tu décidé de rester à Londres ?

— En réalité, je ne compte pas m'installer par ici, répondit Sean avec une moue dédaigneuse. Mais ne le dis pas à Grace. Je suis toujours à la recherche d'un investisseur pour mon site internet.

— Ah bon ? J'ignorais que monter un site requérait une mise de fonds importante.

— Tout dépend du projet, répliqua Sean en reposant

sa bouteille de bière vide sur le comptoir. En aurais-tu une autre ?

— Bien sûr.

Jack sortit une autre bière du réfrigérateur et la posa devant son ancien camarade.

— Il est grand temps de rejoindre Grace, suggéra-t-il. Elle doit se demander ce que nous fabriquons.

— Pas la peine de se presser. Nom d'un chien, cette bière est délicieuse !

Comme Jack demeurait silencieux, Sean planta son regard dans le sien.

— Au fait, j'aimerais bien que tu me dises ce que tu penses de Grace. Tu l'as revue, n'est-ce pas, pendant que j'étais à Londres ?

— Tu veux dire à l'agence ? répondit prudemment Jack. En effet, elle m'a fait visiter des cottages à Culworth.

— Hum... je vois... Alors, que penses-tu d'elle ? Ça m'intéresse.

Luttant contre la répulsion que lui inspirait à présent Sean, Jack demanda :

— Que veux-tu que je te dise ? C'est une personne très agréable et efficace. Tu as beaucoup de chance.

— Oui, c'est certain, mais elle mérite mieux que ce que je peux lui offrir. Depuis que j'ai perdu mon emploi chez Sunyata, j'ai du mal à joindre les deux bouts. Je n'ai pas, comme toi, hérité d'une fortune.

Jack sentit la colère s'insinuer en lui, mais parvint à la contenir.

— L'argent ne fait pas forcément le bonheur. La vie ne m'a pas autant souri que tu le prétends.

— A cause de Lisa ?

— Oui, à cause de Lisa.

La culpabilité le saisit. En réalité, il avait presque

oublié sa défunte épouse ces derniers jours. Grace l'avait remplacée dans ses pensées…

— Lisa était une très belle femme, déclara Sean. Je sais que tu l'aimais, mais ce n'était pas une sainte, admets-le.

— Qu'est-ce que tu insinues ?

A sa connaissance, Sean avait rencontré Lisa une ou deux fois, pas davantage. Il ne l'avait pas fréquentée suffisamment pour se forger une opinion.

— Rien du tout, répliqua Sean en levant les mains en signe d'apaisement. Deux ans se sont écoulés depuis l'accident, inutile de revenir sur le passé.

— Bon sang, Sean ! s'emporta Jack, à bout de patience. Si tu as quelque chose à dire, vas-y, crache le morceau !

Son visiteur redressa les épaules.

— Toujours aussi arrogant, n'est-ce pas ?

— Ça suffit. Je ne suis pas dupe : je sais que tu es venu me trouver parce que tu as besoin de mon aide.

— D'accord, d'accord, enterrons la hache de guerre. Je vais t'expliquer mon projet. J'envisage de développer un site comparatif. Je sais qu'il en existe déjà beaucoup sur la Toile, mais le mien est totalement novateur…

Une demi-heure s'était écoulée quand les deux hommes revinrent au salon.

Grace avait consulté un magazine nautique en attendant leur retour. Comme ils tardaient à la rejoindre, elle avait compris que Sean profitait de ce tête-à-tête avec Jack pour lui soutirer de l'argent. A la mine arrogante qu'il affichait à son retour au salon, elle blêmit. Visiblement, son ex avait atteint son objectif.

Comment était-ce possible ? Pourquoi Jack avait-il cédé si facilement ? Avait-il estimé le projet rentable ? Ou avait-il accepté d'aider Sean parce qu'il se sentait coupable de son comportement au cottage de Culworth ?

— Votre vin blanc, lui dit-il en lui tendant un verre.

Grace le saisit en évitant son regard. Quand ses doigts frôlèrent ceux de Jack, un frisson la parcourut.

— Merci, marmonna-t-elle entre ses lèvres serrées.

— J'ai une bonne nouvelle ! intervint Sean en se perchant sur l'accoudoir de son fauteuil.

— Ah bon ?

— Jack a accepté de soutenir mon projet, annonça Sean avec un sourire satisfait. Je t'avais dit que ça l'intéresserait ! Il est comme moi : il sait reconnaître un bon investissement.

Comme Grace demeurait silencieuse, il insista :

— Alors ? Tu ne dis rien ? Ne vas-tu pas me féliciter pour mes talents de négociateur ?

Le sang de Grace se glaça dans ses veines. Elle savait qu'elle devait répondre quelque chose, mais rien ne lui venait. Quand elle leva les yeux vers Jack, le mépris qu'elle perçut dans son regard la submergea de honte.

— C'est… c'est merveilleux, bredouilla-t-elle.

Visiblement agacé, Jack quitta le bureau contre lequel il était appuyé pour se poster à la fenêtre. Son attitude prouvait qu'il avait hâte que ses deux visiteurs s'en aillent.

Au grand soulagement de Grace, Sean se leva.

— Il est temps de partir. La maman de Grace risque de s'inquiéter, car notre absence a duré plus longtemps que prévu.

Grace se mordit la lèvre pour ne pas répliquer. Jusqu'ici, Sean ne s'était jamais préoccupé de la santé ou des sentiments de qui que ce soit…

9.

— Tu ne vas quand même pas faire des affaires avec Sean Nesbitt !

Après une nuit agitée, peuplée de cauchemars dans lesquels l'image de Grace se superposait à celle de Sean, Jack était peu disposé à subir les remarques de Lisa.

— En quoi cela te concerne-t-il ? maugréa-t-il en surveillant la cuisson de son bacon.

— Cela me contrarie, rétorqua Lisa depuis son poste d'observation, de l'autre côté de l'îlot central.

— J'en suis désolé, ironisa Jack. Mais Sean a raison finalement : j'ai eu de la chance. Financièrement en tout cas. Et peut-être lui dois-je bien cela après toutes les années où nous avons été bons copains.

— Sean Nesbitt n'a jamais été un « bon copain », protesta Lisa avec une grimace de dégoût.

Puis, après un bref silence, elle ajouta :

— Ah ! Voilà les ennuis qui arrivent.

— Que veux-tu dire ?

Lorsque Jack leva la tête, le visage de Lisa s'estompa, remplacé par celui de Mme Honeyman à travers la fenêtre de la cuisine. La gouvernante avait au moins une demi-heure d'avance. Réprimant un soupir, Jack se dirigea vers la porte de service pour l'accueillir.

— Monsieur Connolly ! s'exclama la gouvernante en lui jetant un regard de reproche.

— Oui, je sais, grommela Jack. Le bacon grillé est mauvais pour la digestion, mais j'avais faim ce matin.

La gouvernante se contenta de secouer la tête, puis entreprit de nettoyer le plan de travail. La poêle graisseuse fut immergée dans de l'eau savonneuse et les couverts rangés dans le lave-vaisselle. Ce travail terminé, Mme Honeyman se tourna vers Jack.

— Voulez-vous que je prépare du café ?

La bouche pleine, Jack approuva d'un hochement de tête, renonçant à avouer qu'il en avait déjà bu trois tasses.

Agée de cinquante-cinq ans environ, Mme Honeyman avait été la première à répondre à l'offre d'emploi de Jack lorsqu'il cherchait une gouvernante à mi-temps. Ils s'étaient entendus dès le premier contact.

— Puisque je suis là toute la matinée, voulez-vous que je cuisine quelque chose pour le déjeuner ? J'ai de délicieuses tomates dans mon sac ; je pourrais vous préparer des spaghettis sauce bolognaise si cela vous tente.

— C'est très gentil, madame Honeyman…

— Mais ?

— Je ne serai pas là pour le déjeuner. Je rencontre le maçon à Culworth. Nous mangerons sans doute un sandwich ensemble.

— Un sandwich ! s'écria-t-elle en fronçant les sourcils.

Jack lui adressa un sourire contrit. Depuis que la rénovation des cottages avait commencé, pour ne pas perdre de temps, il déjeunait sur le pouce. Mais Mme Honeyman n'avait pas besoin de le savoir.

— Très bien, capitula cette dernière avec un soupir. Mais pour ce soir, je vous préparerai des légumes et une tourte à la viande.

— Vous me gâtez !

— Il faut bien que quelqu'un le fasse. D'ailleurs, il

serait grand temps que vous trouviez une compagne. Un homme a besoin d'une femme dans son…

Elle s'interrompit soudain, rouge de confusion.

— Oui, vous avez sans doute raison, admit Jack avec un sourire.

Sa gouvernante ne croyait pas si bien dire : une femme avait bien occupé son lit la nuit précédente, mais en pensée seulement.

Grace parcourut le dernier kilomètre qui menait à l'église et gara sa voiture derrière une vieille camionnette. Le petit parking était plein, mais aucune trace de la splendide Lexus de Jack. Déçue, elle poussa un soupir de frustration.

D'après ce qu'elle avait appris à l'agence, sans que personne ne daigne toutefois la tenir personnellement informée, le permis de construire avait été accordé à Jack dans les meilleurs délais. Grâce à la participation active de Mme Naughton, l'affaire avait été réglée en moins de trois semaines.

Bien sûr, Jack n'avait aucune raison de se trouver sur le chantier tous les jours. Si les travaux avaient commencé — et il semblait que ce soit le cas, comme en témoignait l'agitation qui régnait autour des cottages —, il était peu probable que Jack y prenne part. Sans doute se contentait-il de visites occasionnelles pour vérifier que tout allait bien.

Grace aurait peut-être dû lui rendre visite chez lui, sans se soucier du qu'en-dira-t-on. Et surtout, elle aurait dû le contacter plus tôt.

Un mois s'était écoulé depuis que Sean l'avait obligée à l'accompagner chez Jack. Un mois éprouvant, sans nouvelles de Sean ni de l'argent qu'il devait à son père. Le regard de mépris que lui avait lancé Jack ce jour-là la hantait encore. Il la considérait sans nul doute comme la complice de Sean. Cette idée la torturait, mais jusqu'ici, elle n'avait pas trouvé le courage de le détromper.

Grace sortit de la voiture et jeta un regard autour d'elle. Il faisait un temps radieux, contrairement à l'époque de sa première visite. Même l'église paraissait moins lugubre. La mer que l'on apercevait au loin était plus bleue que jamais.

Elle inspira l'air salin à pleins poumons et décida de s'accorder une petite promenade pour voir où en était la rénovation des cottages. De toute façon, elle n'avait rien d'autre à faire jusqu'au déjeuner.

Au détour du chemin qui menait aux maisons, elle aperçut soudain la Lexus, garée au milieu d'autres véhicules et près d'une benne à moitié remplie. Sa détermination fléchit quand elle constata qu'elle n'aurait sans doute pas le loisir, vu le monde présent, de s'entretenir en tête à tête avec Jack.

Ralentissant l'allure, elle marqua un temps d'hésitation. Peut-être ferait-elle mieux de rebrousser chemin. Sa présence ici ne se justifiait en aucune façon.

Alors qu'elle allait tourner les talons, un homme coiffé d'un casque de chantier vint dans sa direction, sans doute pour s'enquérir de la raison de sa présence.

— Bonjour ! lui lança-t-il lorsqu'il fut à quelques pas. Vous êtes la fille de Tom Spencer, n'est-ce pas ? Je vous ai déjà vue au pub.

— En effet, admit Grace en le reconnaissant.

La présence de Bob Grady n'avait rien de surprenant : Jack lui avait déjà confié la rénovation de Lindisfarne House.

— J'en étais sûr ! s'exclama Bob avec un large sourire. Mais que faites-vous ici ? Vous travaillez dans une agence immobilière, non ? Seigneur, ne me dites pas que Jack a déjà mis les cottages en vente !

— Non, non, bien sûr que non !

— Alors, c'est Jack que vous voulez voir ?

— Non, mentit Grace avec aplomb. Mais c'est moi qui ai fait visiter les cottages à M. Connolly. Et comme je passais dans le coin, j'ai eu envie de voir où en étaient les travaux.

— Je comprends.

Si Grady doutait de cette explication, il n'en laissa rien paraître.

— Pas très avancés, hélas, reprit-il.

— Avez-vous rencontré des problèmes ?

— C'est le moins qu'on puisse dire ! Nous avons découvert des défauts dans les fondations. Il se peut que l'on soit amenés à démolir la plupart des murs.

— Mon Dieu !

— Jack a fait appel à un collègue architecte pour lui soumettre ses idées. Il discute avec lui en ce moment. Il se pourrait qu'en injectant du béton à certains endroits on ne soit pas obligés de tout raser.

— Est-il contrarié ?

Grace regretta aussitôt cette question.

— Contrarié ? répéta Grady d'un air interloqué. Disons que Jack n'est pas très content. Mais si quelqu'un peut résoudre le problème, c'est bien lui. C'est un architecte de talent, vous savez. Certaines de ses réalisations en Irlande lui ont valu plusieurs prix.

Grace l'ignorait, mais la nouvelle ne la surprit pas. Selon elle, Jack était capable de transformer tout ce qu'il touchait en or.

Soudain, le souvenir de ses mains sur sa peau, de ses lèvres sensuelles sur les siennes, lui envoya mille fourmillements dans tout le corps. Des frissons la parcoururent malgré la chaleur ambiante. Elle avait eu tort de décider cette visite, elle en avait pleinement conscience à présent. Alors qu'elle luttait contre les émotions qui la submergeaient, Grady reprit la parole :

— Ah, voilà Jack, justement ! Il est avec l'architecte dont je vous ai parlé. Espérons qu'ils soient porteurs de bonnes nouvelles.

La gorge de Grace se serra en voyant les deux hommes approcher. Lorsque Jack la reconnut, son visage se transforma en un masque de pierre. Pas de doute, il n'appréciait guère sa visite…

Il portait un jean étroit, qui moulait ses longues jambes athlétiques, et une chemise au col largement ouvert et aux manches retroussées. La sensualité qui émanait de sa personne la fit frémir. Tout comme Grady, il était coiffé d'un casque de chantier ; il s'en débarrassa en le jetant sur le siège de sa Lexus. Ses cheveux indisciplinés avaient poussé depuis la dernière fois qu'elle l'avait vu.

— Vous avez une visite, Jack ! s'exclama Grady. Mlle Spencer m'a dit qu'elle vous avait fait découvrir les cottages.

— C'est exact, admit Jack d'un ton sec.

Grace redressa les épaules et planta résolument le regard dans celui du bel Irlandais.

— Il paraît que vous rencontrez des problèmes, dit-elle poliment. Peut-être devriez-vous en aviser Mme Naughton, non ?

— C'est inutile, répliqua Jack, avant de se tourner vers son collègue architecte. Ralph est d'accord avec moi : nous pouvons consolider les fondations par injection. Ce n'est pas comme si nous devions construire un parc de stationnement sur plusieurs niveaux.

Le visage de Grady afficha un profond soulagement.

— Excellente nouvelle. Je vais prévenir les gars. Nous pourrons nous mettre au travail dès la semaine prochaine.

Jack hocha brièvement la tête.

— Merci pour ton aide, Ralph, lança-t-il à son collègue.

— De rien, répondit ce dernier. Tu en aurais fait autant pour moi.

Puis, jetant un coup d'œil à sa montre, il ajouta :

— Il faut que je parte. D'autres affaires m'appellent. Au revoir, Jack, salut, Bob. Au revoir, mademoiselle Spencer.

— Oh… au revoir, répondit Grace, surprise d'être saluée par cet inconnu alors que personne n'avait daigné la présenter.

Se sentant soudain de trop, elle voulut suivre l'architecte, mais Jack la retint.

— Une minute ! Il faut que je vous parle. Je vous libère, Bob, dit-il en se tournant vers Grady. Merci encore pour votre soutien.

Visiblement un peu surpris d'être ainsi congédié, Bob Grady haussa les sourcils, puis prit congé.

Demeurée seule avec Jack, Grace fut parcourue par un frisson d'excitation. Que lui réservait cette entrevue ? Elle n'en avait pas la moindre idée…

10.

— Marchons un peu, proposa Jack en invitant Grace à le suivre le long du chemin qui menait à la falaise. Je vous aurais bien proposé de discuter dans ma voiture, mais je crains qu'on nous observe.

— Quelle importance ?

Jack lui jeta un regard en coin.

— Aucune en ce qui me concerne. Je pensais surtout à vous. Je ne voudrais pas que Grady et ses hommes répandent des ragots ce soir au Bay Horse.

— Mon Dieu ! Vous croyez qu'ils le feraient ?

— Cela ne m'étonnerait pas.

Grace laissa échapper un soupir.

— Si j'avais su que vous feriez appel à un entrepreneur de Rothburn…

— Vous ne seriez pas venue, je sais. Quoi qu'il en soit, ce n'était pas une très bonne idée.

— J'avais besoin de vous parler.

— C'est ce que j'ai cru comprendre.

Jack ajusta sa démarche à celle de la jeune femme, sous le regard curieux des hommes sur le chantier. Grace marchait lentement, les yeux rivés sur le sol inégal où elle risquait de trébucher à chaque pas avec ses hauts talons.

Après les cottages, le chemin devenait plus difficile. Aucune voiture ne s'y aventurait depuis longtemps. Seuls quelques randonneurs ou des enfants l'utilisaient encore pour gagner la crique en contrebas.

— Alors, reprit Jack quand ils furent à l'abri des regards, allez-vous m'expliquer ce qui se passe ?

Grace s'humecta les lèvres et jeta un regard derrière elle pour vérifier qu'ils étaient hors de portée de voix. Jack ne la touchait pas, mais elle avait pleinement conscience de sa présence. La sensualité qu'il dégageait l'enveloppait, lui envoyait des ondes de chaleur dans tout le corps. La délicate fragrance de son eau de toilette l'enivrait.

A hauteur des marches disjointes qui menaient à la crique, Grace marqua un temps d'arrêt.

— Pourrions-nous descendre jusqu'à la plage ?

— Vous sentez-vous capable d'emprunter ces marches avec vos talons ? demanda Jack, sceptique.

— Je... je peux les retirer, affirma Grace, joignant le geste à la parole. Voilà, aucun problème.

Jack la contempla longuement, perplexe. Descendre à la plage lui paraissait une très mauvaise idée : elle serait déserte à cette heure de la journée... Pourtant, malgré ses réticences, il s'entendit répondre :

— D'accord, mais je passe devant, au cas où la descente ne serait pas aussi facile que vous l'imaginez.

Grace hocha la tête, puis entreprit de le suivre. Jack descendait les marches sans la moindre difficulté. De temps à autre, il se retournait pour voir où en était Grace. Chaque fois, son regard s'attardait sur ses longues jambes merveilleusement galbées.

Grace progressait précautionneusement. Elle aurait aimé prendre appui sur l'épaule de Jack pour éviter une chute, mais l'idée de sentir la chaleur de sa peau sous la fine étoffe de sa chemise la faisait frémir.

Quand elle gagna enfin la plage, elle constata que son

collant avait filé à plusieurs endroits. Dépitée, elle croisa le regard amusé de Jack et rougit.

— Retournez-vous, lui ordonna-t-elle, agacée.

Elle attendit qu'il s'exécute pour retirer son collant et le rouler en boule dans son sac.

— C'est bon, reprit-elle, vous pouvez regarder, maintenant.

Elle regretta aussitôt ses propos : Jack avait posé le regard sur ses jambes. Jamais Grace ne s'était sentie aussi exposée et vulnérable.

— Tout va bien ? lui demanda-t-il en plissant les yeux, comme s'il cherchait à lire ses pensées les plus intimes.

— Oui, répondit-elle en déposant ses chaussures sur le sol.

Puis, d'une démarche un peu gauche, elle fit quelques pas dans le sable.

— Allons par-là, proposa Jack après avoir scruté les environs. Je parie qu'il y a des grottes de ce côté de la falaise.

— Des grottes !

Seigneur, il n'était pas question qu'elle se laisse entraîner dans une grotte par cet homme au charme envoûtant. Elle voulait simplement que Jack comprenne qu'elle n'avait rien à voir avec les manigances de Sean.

— Oui, des grottes, répliqua-t-il d'un ton posé. D'après les dires des habitants du coin, il semblerait que certaines d'entre elles soient reliées à un tunnel menant à un château.

— Vraiment ?

— Malheureusement, le tunnel aurait été condamné à cause de risques d'éboulement. Allez savoir, si ça se trouve, des contrebandiers l'utilisent encore aujourd'hui.

— Cela m'étonnerait, objecta Grace en jetant un regard autour d'elle. La mer est trop agitée par ici et il y a des courants très forts. Mais les locaux aiment raconter des fables aux touristes.

Jack pencha la tête de côté en la regardant, puis fronça les sourcils.

— Que se passe-t-il, Grace ? Auriez-vous préféré que nous demeurions en haut de la falaise ?

— Non. Je… pas du tout.

— En êtes-vous sûre ? Le fait que nous soyons seuls tous les deux vous inquiète-t-il ?

— Non, bien sûr que non !

— Parfait. En tout cas, soyez rassurée : vous ne risquez rien avec moi.

Malgré l'assurance qu'il affichait, Jack n'en menait pas large. Il regrettait d'avoir entraîné Grace sur cette plage isolée, propice à toutes les tentations. Si la raison lui commandait de se tenir à distance de cette femme si attirante, ses sens lui tenaient un tout autre langage.

Il sentit plus qu'il n'entendit Grace approcher.

— Vous ai-je dit que je n'avais pas confiance en vous ? lui demanda-t-elle dans un souffle.

— Non. Mais je tenais à vous rassurer sur mes intentions.

Grace rougit sous le regard de braise de Jack. Elle tâcha de chasser le trouble qui menaçait de la submerger.

— Je… j'avais besoin de vous parler.

— Ça, vous me l'avez déjà dit. Eh bien, allez-y, je vous écoute.

— Ce n'est pas si facile.

— Ah bon ? D'habitude, vous vous exprimez aisément.

Grace hésita un court instant, puis se lança :

— Me jugez-vous responsable des problèmes que vous rencontrez avec les cottages ?

Surpris, Jack ouvrit de grands yeux.

— Non, bien sûr que non !

Puis, fronçant soudain les sourcils, il ajouta :

— Qu'essayez-vous de me dire ? Hugues était-il au courant des défaillances dans les fondations quand il s'est occupé de la vente ?

— Non. Mme Naughton en avait peut-être connaissance, mais j'en doute. C'est une vieille dame. Elle n'a probablement pas mis les pieds dans ces maisons depuis des années.

Jack se contenta de l'observer attentivement, comme s'il cherchait à déceler le vrai du faux. Grace serra les lèvres, dans l'incapacité totale de lui dire ce qu'elle avait sur le cœur.

Comme la jeune femme gardait obstinément le silence, Jack finit par exhaler un long soupir empreint de lassitude. Visiblement, ce qu'elle avait à lui dire pesait sur sa conscience. Sans doute Sean n'était-il pas étranger à son malaise.

— Qu'y a-t-il, Grace ? maugréa-t-il, à bout de patience. Les cent mille livres que j'ai prêtées à Sean ne suffisent-elles pas ?

Grace resta bouche bée, sous le choc.

— Quoi ? bredouilla-t-elle enfin. Vous lui avez prêté *cent mille livres* ?

Jack garda le silence. Il regrettait déjà d'avoir fait un tel aveu. Se détournant, il contempla le bleu de l'océan qui se confondait avec le ciel à l'horizon.

De nouveau, il laissa échapper un soupir. Cette conversation lui déplaisait au plus haut point. Sean ne pouvait-il mener seul ses propres batailles ? Avait-il besoin de se servir de Grace ? Pensait-il qu'elle réussirait là où il craignait d'échouer ? Si tel était le cas, que devait-il en déduire de la relation de son ex-camarade avec cette femme ? Il n'avait pas oublié les propos étranges que celui-ci lui avait tenus lors de sa dernière visite.

— Ecoutez, tout cela n'a aucune importance, déclara-t-il

en se tournant vers Grace. Je lui ai accordé ce prêt sans hésiter. Dites toutefois à votre petit ami qu'il n'obtiendra rien de plus, du moins pas avant qu'il m'ait prouvé la rentabilité de son affaire.

Grace secoua la tête, l'air abasourdi, comme si elle n'en croyait pas ses oreilles.

— Je... je ne sais vraiment pas quoi dire, bredouilla-t-elle.

Stupéfait de lire autant de détresse dans ses yeux, Jack sentit son cœur se serrer.

— J'ignorais... combien d'argent il voulait vous emprunter, ajouta-t-elle en sortant un mouchoir de son sac. Honnêtement, je n'en avais pas la moindre idée.

Jack fut tenté de la croire. Mais elle était la petite amie de Sean, n'est-ce pas ?

— D'accord, dit-il platement.

— Je vois bien que vous ne me croyez pas, murmura Grace, les yeux remplis de larmes.

La culpabilité assaillit Jack. Grace semblait incarner la plus pure innocence. Se pouvait-il qu'elle soit sincère ?

— Bon sang, Grace, dit-il en tendant les mains vers elle.

Mais elle recula d'un bond, manquant de peu de s'affaler dans le sable.

— Je vous interdis d'éprouver de la pitié pour moi !

— Il ne s'agit pas de cela, protesta-t-il en se rapprochant d'elle.

Elle recula jusqu'à la paroi de la falaise.

— Grace, murmura-t-il en lui emprisonnant le visage entre les mains. Pourquoi n'êtes-vous pas partie, tout à l'heure ?

— Je n'aurais pas dû venir...

— Sans aucun doute.

Sur ces mots, Jack baissa le visage vers celui de Grace et lui effleura délicatement les lèvres, goûtant leur saveur exquise. Ses sens s'embrasèrent aussitôt. Succombant au désir, leurs deux corps se collèrent l'un à l'autre.

Dans un sursaut de conscience, Jack voulut mettre un terme à cette étreinte diabolique, mais la tentation l'emporta sur la raison. Malgré tout l'amour qu'il avait voué à Lisa, il n'avait jamais ressenti un désir aussi ardent pour une femme. L'envie de posséder Grace Spencer le submergea avec une force inouïe.

— C'est de la folie, murmura-t-il contre ses lèvres frémissantes.

Il l'embrassa dans le cou, se délectant de la saveur de sa peau satinée. Grace tremblait comme une feuille entre ses bras.

— Je… je sais, bredouilla-t-elle dans un souffle.

Quand elle leva la tête vers lui, Jack lut un mélange de frayeur et d'excitation dans son regard embué.

— Alors, nous devrions partir, suggéra-t-il d'une voix incertaine.

Quand il voulut s'arracher de l'étreinte de Grace, son corps refusa de nouveau de lui obéir. D'une main tremblante, il prit son visage en coupe, puis plongea un regard ardent dans le sien. Une même fièvre les habitait, il le ressentait ; elle les rendait totalement impuissants face au désir qui les emportait. Au contact de sa main sur sa joue, Grace frémit, avant d'émettre un gémissement plaintif. C'en fut trop pour Jack, qui happa ses lèvres avec délectation. Leurs langues se mêlèrent dans un baiser fougueux.

Grace se laissa emporter par cet élan passionné, reléguant ses craintes et réticences aux oubliettes. Elle vivait là un moment sublime, intemporel, irréel. Plus rien n'existait, excepté le ballet endiablé de leurs deux corps s'épousant à la perfection, leurs mains fébriles fouillant leurs vêtements.

Jack faillit défaillir quand il sentit les doigts de Grace se glisser sous sa chemise. Il souleva son corsage. Au contact de sa peau, il ne put retenir une sorte de râle. La poitrine de Grace palpitait sous la fine étoffe de son soutien-gorge. Jack le lui retira délicatement, puis tomba en arrêt devant le spectacle de ses seins frémissants.

— Seigneur, vous êtes si belle…

Sur ces mots, il emprisonna l'un de ses mamelons entre ses lèvres, en lécha le pourtour avec gourmandise. Grace se mit à haleter de plaisir. Elle se sentait soudain très faible. Ses jambes tremblantes la portaient à peine, mais Jack la maintenait contre lui sans cesser de l'embrasser, de la caresser.

Au comble de l'excitation, Jack souleva sa jupe étroite sur ses hanches. Il avait atteint un point de non-retour.

— Je vous veux, gémit-il contre ses lèvres.

Ses doigts s'immiscèrent sous la soie fine de sa culotte qu'il fit glisser le long de ses cuisses.

— Moi aussi… je vous veux, répliqua Grace d'une voix à peine audible.

— Ici ?

— Oui, ici… Maintenant…

Jack ferma les yeux un court instant. La raison lui soufflait de reculer, de tout arrêter avant de commettre l'irréparable, mais il était trop tard : Grace avait défait la boucle de sa ceinture. Sans plus attendre, il se débarrassa de son pantalon, l'envoya valser avec son caleçon dans le sable, puis souleva Grace dans ses bras, l'invitant à nouer les jambes autour de lui.

Quand il la pénétra, il étouffa son cri dans un baiser enflammé. Jamais il n'avait connu pareil embrasement des sens. Grace se mit à se mouvoir en rythme avec lui, dans un ballet sensuel d'un érotisme torride. Elle avait l'impression de voler, son cœur battait la chamade, des ondes de chaleur la transperçaient, lui arrachant des gémissements de plaisir.

Puis, soudain, l'air se raréfia dans ses poumons quand, au summum de l'extase, son corps explosa en un million d'étincelles.

Quand Jack voulut se retirer pour ne pas jouir en elle, Grace l'en empêcha, le serrant contre elle à l'étouffer… Une intense chaleur l'irradia, puis la jouissance le terrassa.

11.

— Où diable étais-tu passé ?

A son retour chez lui aux alentours de minuit, après avoir vainement tenté d'oublier dans l'alcool, Jack n'était pas d'humeur à supporter les accusations de Lisa.

— Laisse-moi tranquille, grommela-t-il d'une voix pâteuse.

— Eh, tu es ivre ! s'exclama sa défunte femme d'un air dégoûté. Je ne comprends pas ce qui t'arrive, Jack. Tu ne t'es jamais aussi peu préoccupé de ta santé.

Peu enclin à débattre de ce sujet, Jack ferma la lourde porte derrière lui et en tira le verrou. Sans prendre la peine d'allumer, il se dirigea à tâtons vers l'escalier.

A son grand soulagement, il constata que Lisa avait renoncé à le suivre. Tant mieux ! Il était exténué et n'avait qu'une hâte : se déshabiller et se coucher.

Il savait toutefois qu'il peinerait à trouver le sommeil. Le souvenir des heures passées à Culworth était encore trop présent à son esprit. Jamais il n'avait connu une telle exaltation en faisant l'amour. C'était la raison pour laquelle il avait passé de longues heures dans un pub. Pas celui du père de Grace, un autre, plus petit, situé dans le village voisin. Il avait espéré oublier ne serait-ce que temporairement l'expérience qu'il avait vécue.

En vain. La saveur de la peau de Grace, la sensualité de ses baisers, ses élans passionnés n'avaient cessé de le hanter.

Tout cela n'aurait jamais dû arriver. Certes, elle ne lui avait pas résisté, mais rien n'excusait son comportement. Il l'avait affolée en lui révélant la demande extravagante de Sean et avait profité de sa faiblesse pour abuser d'elle. Il avait laissé libre cours à ses instincts les plus vils sans le moindre égard pour ses sentiments, ou ceux de Sean.

Sean! Jack se sentait empli de dégoût envers lui-même pour ce qu'il avait fait à son vieil ami. Tous deux s'étaient éloignés ces dernières années, avaient suivi des routes différentes, mais Sean demeurait le compagnon de Grace, l'homme qu'elle envisageait probablement d'épouser.

Pourtant, elle n'avait pas manifesté la moindre culpabilité. Au contraire, elle s'était laissé emporter par la passion, s'offrant corps et âme, sans retenue, avec une sensualité hors du commun. Plus jamais Jack n'arpenterait la petite plage témoin de leurs ébats sans que le souvenir de leurs étreintes vienne le hanter.

Ils avaient partagé un moment unique, d'une intensité rare. C'était le cri perçant des mouettes qui les avait ramenés à la réalité. Tous deux avaient remis de l'ordre dans leurs vêtements, puis avaient rejoint l'endroit où Grace avait abandonné ses chaussures.

— Je... je ne tiens pas à ce que ceci se reproduise, lui avait-elle annoncé. Et je ne vous blâme pas. Non, je ne vous blâme pas du tout.

Puis, après un long soupir, elle avait ajouté :

— Je voulais vous dire que je n'ai rien à voir avec l'emprunt de Sean. C'était son idée de vous soutirer de l'argent, pas la mienne.

Jack était tombé des nues sous le choc de cette révélation. En silence, il avait pris la main de Grace pour l'aider à remonter les marches.

Il se rappelait aussi lui avoir posé deux questions : aimait-elle Sean et, si tel n'était pas le cas, pourquoi restait-elle avec lui ? Grace n'avait répondu à aucune d'entre elles. Elle s'était contentée de remettre ses chaussures et de rajuster sa tenue. Le regard insondable, elle s'était murée dans le silence jusqu'à ce qu'elle rejoigne sa voiture. Puis elle avait disparu, le laissant dans un état second.

Les heures suivantes, Jack avait vainement tenté de chasser le souvenir de leurs étreintes. N'y parvenant pas, il avait rejoint ses hommes sur le chantier pour les aider à abattre à la masse plusieurs murs insalubres, sous le regard perplexe de Bob Grady.

Plus tard, toujours en proie à une agitation extrême, il avait tenté de joindre Grace à l'agence. Elizabeth Fleming lui avait dit que la jeune femme était souffrante et avait préféré rentrer chez elle. Jack n'avait pas osé lui demander son numéro de portable, pas plus qu'il n'avait osé contacter le Bay Horse.

C'est ainsi qu'il avait échoué dans un autre pub où, à la place du réconfort escompté, il avait écopé d'un mal de crâne carabiné.

Jack en était là dans ses pensées quand une lumière crue l'éblouit.

— Bon sang, Lisa, fiche-moi la paix ! gémit-il en fermant les yeux.

— Oh ! Jack !

La voix lui parut étrangement familière, mais quand il rouvrit les yeux, il réalisa que, en lieu et place de Lisa, Debra Carrick se tenait face à lui.

— Oh ! Jack, répéta sa belle-sœur, je croyais que tu t'étais installé ici pour oublier Lisa. Je constate que ça n'a pas marché.

Jack laissa échapper un soupir.

— Je vais bien, Debra.

— C'est faux !

— Tu te fais des idées. Et que fais-tu ici ? Comment es-tu entrée ?

— Une dame était là à mon arrivée. Je crois qu'elle s'appelle Honey… quelque chose.

— Mme Honeyman, oui. Mais d'habitude, elle s'en va à midi.

— En effet, admit Debra en descendant les marches pour le rejoindre. Je suis ici depuis 11 h 30. J'ai pris l'avion pour Newcastle ce matin, puis un taxi jusque chez toi.

En descendant les marches à reculons, Jack trébucha sur la dernière, et serait sans doute tombé sans l'intervention de Debra, qui l'attira contre elle.

— Seigneur, tu as bu ! s'écria-t-elle en reniflant son haleine. Jack, contrairement à ce que dit ta mère, tu ne peux pas rester seul. Tu as besoin d'aide.

Jack se dégagea de l'étreinte de sa belle-sœur et se dirigea vers la cuisine en pestant intérieurement. Sa mère aurait dû l'appeler, le prévenir de la visite de Debra.

— Veux-tu un café ? lui proposa-t-il à contrecœur.

— A cette heure ? Tu ferais mieux de manger quelque chose !

— Je n'ai pas faim.

En réalité, Jack n'avait rien avalé depuis le petit déjeuner. Mais à cet instant précis, l'idée même de nourriture lui donnait la nausée.

— Et toi, as-tu dîné ? demanda-t-il par pure politesse.

— Oh oui ! Mme Honeyman m'a préparé une soupe ce midi et a cuisiné une tourte à la viande pour toi. Elle est au réfrigérateur. J'espère que tu ne m'en voudras pas, je me suis fait une omelette ce soir. J'aurais pu passer la tourte au four, mais j'ignorais l'heure de ton retour.

Jack se contenta de hocher la tête. Connaissant

Mme Honeyman, il se doutait que cette dernière ne devait pas avoir apprécié la visite surprise de Debra.

Après avoir mis en marche la cafetière, il s'adossa au lave-vaisselle et croisa les bras. Comme sa belle-sœur demeurait étrangement silencieuse, contrairement à ses habitudes, il demanda :

— Alors, dis-moi, quel est le but de ta visite ?

Elle lui décocha une moue boudeuse, comme celle que Lisa arborait souvent.

— Cela me paraît évident, voyons. Nous nous inquiétons beaucoup pour toi.

— Qui cela, *nous* ?

— Ton père, ta mère. Et Francis, ajouta-t-elle après une brève hésitation.

Jack laissa échapper un soupir.

— Tu as tort, Debs. Papa et maman ne sont pas inquiets pour moi. Ils savent que je suis heureux ici, menant une vie que j'aime dans un endroit nouveau et différent. Pour ce qui est de mon frère, en sa qualité de prêtre, il a d'autres préoccupations.

— Maeve, aussi. Au fait, sais-tu qu'elle est de nouveau enceinte ?

Jack réprima un sourire.

— Ma sœur a un mari, deux petites filles adorables et un bébé en route. Elle a d'autres chats à fouetter que se préoccuper de son égoïste de frère !

— Tu sais très bien qu'elle ne pense pas cela de toi.

— En effet, admit Jack. Quoi qu'il en soit, ne devrais-tu pas être à l'école ?

— A l'université ! corrigea Debra, indignée. Ce sont les vacances d'été, voyons, tu le sais très bien.

— Et alors ? Tu as entrepris un tour d'Europe ?

— Non ! Je te l'ai dit, je suis venue m'occuper de toi. Je suis sûre que tu as besoin d'aide.

Jack souffla pensivement sur son café pour le refroidir. Après un long silence, pesant ses mots avec soin, il déclara :

— Tu ne peux pas rester ici, Debs.

— Pourquoi ? Tu as besoin de quelqu'un, Jack. Quelqu'un qui te connaît et pour qui tu comptes.

— Non, répliqua-t-il d'un ton catégorique, avant d'ajouter plus doucement : ce serait différent si nous étions parents, mais ce n'est pas le cas. Que diraient les gens s'ils découvraient que je vis avec une jeune femme séduisante comme toi ?

L'expression de Debra s'adoucit.

— Tu me trouves séduisante, Jack ? minauda-t-elle en s'approchant de lui.

D'un geste, il la stoppa.

— Bien sûr que tu es séduisante, Debs. Mais tu es la petite sœur de Lisa. Je suis désolé. Tu ne représenteras jamais autre chose pour moi.

— Qu'en sais-tu ?

— Je le sais, c'est tout.

— Et depuis quand te soucies-tu du qu'en-dira-t-on ? insista-t-elle. Lisa disait que tu n'écoutais jamais les ragots.

— C'est exact, mais d'autres le font. Allons, Debs, ce n'est pas la fin du monde. Je ne peux pas croire que tu aies entrepris ce long voyage pour me faire une déclaration !

— Pourquoi pas ?

— D'abord, parce que tu es trop jeune. Ensuite, qu'est devenu le gamin que tu fréquentais à Kilpheny ? Un certain Brendan, si mes souvenirs sont exacts.

— Brendan Foyle, précisa Debra en jouant nerveusement avec sa ceinture. Mais comme tu le dis, ce n'est qu'un gamin. Les gamins ne m'intéressent pas !

Jack se sentit soudain très vieux. Il était fatigué et n'avait aucune envie de se retrouver avec une adolescente en mal d'amour sur les bras. Quel âge avait Debra ? Dix-neuf ans ?

Vingt ans tout au plus ? Ses parents auraient dû l'empêcher de venir ici.

— J'appellerai ta mère demain matin pour lui dire que tu es sur le chemin du retour.

Debra lui jeta un regard horrifié.

— Maman ne sait pas que je suis venue te retrouver ! Papa non plus. Je leur ai dit que j'allais rendre visite à tes parents. Je comptais attendre quelques jours avant de leur avouer la vérité.

— Eh bien, c'est inutile. Si tu attrapes un vol dans la matinée pour Dublin, ils ne sauront rien. Tu seras très bien accueillie par mes parents. Quant à Maeve, je suis sûr qu'elle apprécierait l'aide d'une baby-sitter.

Debra lui adressa un regard furibond.

— Tu ne m'aimes pas, n'est-ce pas ? Tu me vois comme une intruse. Soit ! Je comptais te dire quelque chose pour t'aider à aller mieux. Mais je pense que c'est inutile à présent.

Jack secoua la tête.

— Je ne vois vraiment pas ce que tu pourrais me dire…

— Cela concerne Lisa, le coupa Debra.

— Ah bon ? Si c'est au sujet de l'accident, je n'ai pas besoin qu'on me répète que tout était sa faute…

— Elle n'était pas seule ! s'écria Debra, comme si les mots étaient sortis d'eux-mêmes.

Jack plissa les yeux, abasourdi.

— Comment ça, elle n'était pas seule ? Bien sûr qu'elle l'était ! Tous les témoignages allaient dans ce sens. On a retrouvé les restes carbonisés d'une seule personne dans la voiture. Les siens ! Bon sang, Debra, ta sœur est morte et enterrée !

— Elle n'était pas seule, répéta sa belle-sœur d'un air buté. Je ne mens pas. L'homme… l'homme qui l'accompagnait a été éjecté du véhicule, comme la sandale de Lisa. Elle avait un amant, Jack. Tu es en droit de le savoir.

12.

Grace n'avait pas revu Sean depuis cinq semaines ; cinq semaines soi-disant consacrées au développement du site internet dans lequel Jack avait investi.

Pendant ce temps, elle s'était mise en quête d'un appartement à Rothburn pour rester proche de ses parents. Sans succès, hélas.

Sean finirait-il par les rembourser ? Elle craignait le pire de la part de son ex, dont elle avait découvert avec stupeur qu'il était un égoïste forcené capable des pires mensonges. Ces derniers mois, Sean avait entrepris de prétendus voyages d'études, dont un à Las Vegas. Par le plus pur des hasards, elle avait découvert qu'il ne s'y était pas rendu seul…

Effondrée, Grace avait décidé de rompre, mais il l'avait menacée de ne jamais rembourser ses parents si elle leur avouait la vérité. Alors elle s'était tue, espérant que la somme prêtée par Jack permettrait à Sean de se remettre sur les rails et d'arriver au bout de son projet.

Elle n'avait pas revu le bel architecte irlandais depuis plus d'une semaine. Rien d'étonnant à cela : il devait regretter la folie qu'ils avaient commise sur cette plage déserte.

Son père la tira de ses pensées en lui tendant le téléphone par-dessus le comptoir du bar.

— C'est Sean, annonça-t-il d'un ton bourru. Il n'arrive

pas à te joindre sur ton portable. Profite de cet appel pour lui demander quand il compte venir.

« Pas de sitôt », songea Grace sombrement. Elle doutait que Sean soit porteur de bonnes nouvelles. Avait-il dilapidé l'argent prêté par Jack ? Allait-il lui annoncer qu'il était ruiné ?

— Que veut-il ? demanda-t-elle à mi-voix, la main sur le micro du combiné.

— Je ne lui ai pas demandé, répliqua son père. C'est avec toi qu'il veut s'entretenir.

— Eh bien, moi je n'ai pas envie de lui parler, marmonna-t-elle.

— Réponds-lui ! Il se peut qu'il ait de bonnes nouvelles à nous communiquer à propos de son site internet.

Le cœur de Grace se serra. Son père croyait encore en Sean, en sa capacité de faire fructifier son investissement. Devait-elle le préparer à l'éventualité qu'il ne revoie jamais la couleur de son argent ?

— J'espère que ta réticence à lui parler n'a aucun rapport avec ce Connolly, reprit Tom d'un air soupçonneux. Tu ne l'intéresses pas, Grace. Et cela m'étonnerait qu'il reste longtemps parmi nous. C'est un homme riche, un citadin. Nous sommes beaucoup trop rustiques pour lui.

Blessée, Grace se mura dans le silence. Ainsi, son père ne l'estimait pas capable de séduire un homme comme Jack ? Que penserait-il s'il apprenait qu'elle avait fait l'amour avec lui ?

— Tu sais ce que je veux dire, reprit-il d'un ton plus doux, je ne veux pas qu'on te fasse du mal.

— Et si tu apprenais que Sean m'a fait du mal, qu'est-ce que tu dirais ?

— Je ne l'accepterais pas. Quoi qu'il en soit, parle-lui. Je lui ai dit que tu étais là, tu ne peux pas te défiler.

— Je pourrais le faire, grommela Grace en portant le combiné à son oreille.

— Faire quoi ? lui demanda Sean.

— Que veux-tu ? éluda-t-elle d'un ton sec. Je pensais que nous nous étions tout dit lors de ta dernière visite.

— Je t'en prie, Grace, montre-toi un peu plus chaleureuse. Ne t'ai-je pas manqué, ne serait-ce qu'un petit peu ?

— Non ! Dis-moi ce que tu veux. Je suis sûre que tu n'appelles pas pour prendre des nouvelles de ma santé.

— Non, en effet… Le conseiller financier de Jack me harcèle constamment. Il veut savoir pourquoi je ne lui ai pas encore envoyé le contrat.

— Tu devais t'y attendre, soupira Grace. Jack Connolly n'est pas un homme aussi facile à berner que mon père.

— Ce que je fais, je le fais autant pour toi que pour moi.

— C'est faux !

— Eh bien, pour tes parents, alors. J'ai besoin de ton aide, ma chérie. Ne me laisse pas tomber.

Un frisson glacé lui parcourut la colonne vertébrale. Sean la menaçait-il ?

— Je ne peux pas t'aider. Je n'ai pas d'argent. Et si tu crois que je vais demander à papa de prendre une autre hypothèque…

— Non, non. Je sais que tes parents n'ont pas d'argent. Je veux que tu ailles trouver Jack pour lui expliquer que j'ai besoin de temps.

— Je ne peux pas faire ça ! objecta-t-elle, catégorique.

— Bien sûr que si ! Il t'apprécie, mon cœur. Je le sais. Toi seule trouveras les arguments pour le faire patienter.

Seigneur ! Sean était-il en train de suggérer qu'elle… ? Non, il n'était pas abject à ce point-là, n'est-ce pas ? se demanda-t-elle avec effarement.

— Use de tes charmes, reprit-il avec conviction. Tu es une fille intelligente. Sois simplement… *gentille* avec lui.

Comme Grace demeurait silencieuse, il ajouta d'un ton mielleux :

— Tu ne voudrais tout de même pas qu'il me traîne en justice !

— En justice ?

— Je ne dis pas qu'il en a l'intention, mais son conseiller financier veut que tout soit contractualisé. Ce n'est ni dans mes habitudes ni dans ma manière de fonctionner. Qui plus est, je pensais que Jack était mon ami.

Grace pâlit. Si Sean se retrouvait devant les tribunaux, comment pourrait-elle le cacher à ses parents ?

— Pourquoi ne fais-tu pas ce qu'il demande ? suggéra-t-elle. Tu as des amis avocats : ils pourraient rédiger un contrat…

— Sais-tu combien cela me coûterait ? Très bien, puisque tu refuses de me donner un coup de main, je trouverai une autre solution. Je pense que tes parents ne seront pas ravis d'apprendre que tu as refusé de m'aider à sauver ce maudit site internet.

— Sean !

Mais il avait déjà raccroché. Grace reposa le combiné sur son support d'une main tremblante.

Elle demeura pétrifiée un long moment, tentant de rassembler ses esprits. Pourquoi avait-elle commis l'erreur de présenter Sean à ses parents ? Si elle ne l'avait pas invité à Rothburn, il n'aurait jamais escroqué son père ni connu l'adresse de Jack. Par sa faute, ils étaient tous deux impliqués dans une affaire douteuse.

Toutefois, quel genre d'homme était Sean pour lui demander d'être *gentille* avec Jack, alors qu'il prétendait l'aimer ? La réponse était simple : le genre d'homme capable de coucher avec une autre femme que sa fiancée, sous son propre toit en plus !

Sean ignorait que Jack et elle s'étaient revus, de même

qu'il ignorait le degré d'intimité qu'ils avaient partagé. D'où l'affreux sentiment de culpabilité qui la poursuivait malgré tout.

Sans dire à son père où elle se rendait, Grace courut se réfugier dans sa chambre. Assise devant sa coiffeuse, elle contempla son reflet blafard dans le miroir.

Puis, se détournant de son image, elle parcourut la chambre des yeux à la recherche de son téléphone portable. Où était-il passé ? Elle finit par mettre la main dessus : il se trouvait sur la commode près de son lit, en évidence.

Nerveusement, elle composa le numéro de Sean. Elle irait trouver Jack, comme il le lui avait demandé. Aussi pénible que soit cette démarche, elle n'avait pas d'autre choix.

Quand, au lieu de Sean, ce fut une femme qui décrocha, elle se figea de stupeur.

— Vous êtes sur le téléphone de Sean Nesbitt. Qui le demande ?

— Comme si tu ne le savais pas, grommela Grace en reconnaissant la voix au bout du fil.

Natalie West... Une jeune personne qui se disait son amie, et qui avait pourtant couché avec Sean. Elle perçut quelques mots étouffés, puis Sean prit le combiné.

— Désolé, je reçois du monde et une amie a répondu à ma place.

— J'ai reconnu la voix de Natalie, et je suis sûre qu'elle a reconnu la mienne. Je regrette d'avoir passé cet appel. Décidément, tu ne changeras jamais.

— Grace ! s'écria Sean d'un ton plaintif. Tu ne peux pas m'en vouloir de sortir avec quelqu'un d'autre alors que tu ne me laisses plus t'approcher !

Grace poussa un long soupir. Il n'avait pas tort...

— Oublions cela, dit-elle sèchement. Je t'appelais pour

t'informer que je parlerai à Jack. Mais je ne te promets rien, Sean.

Sur ces mots, elle raccrocha.

En croisant de nouveau son reflet dans le miroir, elle constata que son visage était d'une pâleur mortelle.

Pourquoi diable avait-elle pris la décision de parler à Jack ? Par peur de ce que Sean risquait de faire si elle refusait de l'aider ? Ou était-ce pour se prouver que Jack ne représentait rien pour elle ?

Chassant les doutes qui l'éteignaient, elle troqua sa robe contre un pantalon de jogging noir et un T-shirt assorti. Après avoir réuni ses cheveux en queue-de-cheval, elle chaussa ses tennis et quitta sa chambre au pas de course. Elle avait vraiment besoin de prendre l'air…

Jack amarrait son bateau quand il vit apparaître une jeune femme toute de noir vêtue sur le port.

Grace ! Il aurait reconnu sa silhouette entre mille, même sans la ravissante cascade de cheveux blonds qui lui balayait habituellement les épaules. Il ignorait qu'elle aimait courir. Que savait-il d'elle de toute façon, sinon qu'elle avait un tempérament passionné, une peau satinée et des lèvres savoureuses ? Au souvenir de leurs étreintes enflammées, une bouffée de désir le saisit.

Soudain, l'image de Lisa resurgit dans sa mémoire. Autrefois, il la trouvait unique, mais Debra avait flétri le souvenir qu'il gardait d'elle. La frustration avait poussé sa belle-sœur à lui faire des révélations douteuses, dont il doutait de la véracité.

Pour en avoir le cœur net, Jack avait contacté sa mère. Celle-ci avait fait son possible pour le rassurer, mais quelque chose dans sa voix l'avait alerté : il en avait déduit qu'elle en savait plus qu'elle ne voulait bien l'admettre.

Cette conversation lui avait rappelé la réaction de ses parents quand il leur avait annoncé sa décision de quitter Kilpheny. Ils avaient semblé soulagés. Craignaient-ils que les langues se délient, dans ce village où tout le monde se connaissait ?

Curieusement, depuis le retour de Debra en Irlande, les apparitions de Lisa avaient cessé, comme par enchantement. Quel était le but de ce harcèlement qu'elle avait exercé sur lui ? Voulait-elle qu'il apprenne la vérité ? Et à présent que c'était chose faite, jugeait-elle inutile de s'imposer à son souvenir ?

Sean aussi avait brillé par son absence depuis que l'argent qu'il lui avait emprunté avait été transféré sur son compte.

Qu'ils aillent tous au diable ! Jack avait décidé d'aller de l'avant. Il était grand temps qu'il tourne la page.

Sans réfléchir davantage, il sauta sur le quai et cria spontanément le prénom de Grace. Stoppée dans son élan, cette dernière tourna la tête dans sa direction, puis s'enfuit à toutes jambes, comme si elle avait le diable à ses trousses.

Un instant décontenancé, Jack se lança à sa poursuite. Il lui fallut peu de temps pour la rattraper.

— Eh ! lança-t-il en lui agrippant le bras pour l'obliger à s'arrêter. Je ne mérite pas un bonjour ?

Grace déglutit péniblement. L'occasion de parler à Jack lui étant donnée, pourquoi avait-elle eu ce mouvement de recul ?

— Je ne sais pas, répondit-elle en essayant de respirer calmement.

— Pourquoi vous êtes-vous enfuie ?

Grace secoua la tête, confuse. Elle tentait de reprendre contenance, mais la proximité de Jack lui procurait des frissons irrépressibles.

— Je fais un jogging, expliqua-t-elle en indiquant

sa tenue. Je ne peux pas m'arrêter ; je sens déjà le froid m'engourdir les membres.

— Eh bien, venez visiter mon bateau, suggéra Jack impulsivement.

Où avait-il la tête ? Cette invitation le mettait dans une situation à haut risque. Si Grace montait à bord de l'*Osprey*, il ne répondrait plus de ses actes…

— Je ne crois pas, non.

Jack aurait dû s'en tenir à ce refus. Mais c'était la première fois qu'il revoyait Grace après leur rencontre à Culworth, dont il gardait un souvenir torride.

— Auriez-vous peur ?

— Non. Je ne voudrais pas interrompre vos activités.

— Je ne faisais rien de spécial, et je suis sûr que cela vous intéressera.

Grace ne pouvait se mentir : visiter ce splendide voilier la tentait énormément.

— Je pense que je ferais mieux de reprendre mon jogging, répliqua-t-elle néanmoins.

— Pourquoi ? Malgré ce que vous m'avez dit l'autre fois, j'ai le sentiment que vous m'en voulez d'avoir… profité de la situation. Eh bien, sachez-le, je regrette sincèrement ce qui s'est passé.

— Désolée.

— Ne le soyez pas. Ce genre de choses arrive. Vous êtes une très belle femme, Grace. J'avais très envie de vous.

— J'imagine que vous avez dit cela à de nombreuses femmes avant moi, répliqua-t-elle d'un ton léger, dans l'espoir de détendre l'atmosphère.

— Pas tant que vous le pensez, non. Allons, Grace, soyons amis ! Nous pourrions parler de Sean. A ce propos, comment va votre petit ami ? Vous a-t-il dit comment il dépense mon argent ?

A peine sorties de sa bouche, ces questions lui parurent

déplacées, mais il n'avait pas pu les retenir. Devait-il mettre Grace en garde contre Sean ? L'alerter sur le fait qu'il ne cherchait pas à revenir à Rothburn ?

— Pas vraiment, répondit Grace d'un ton circonspect. En fait, pas du tout. J'imagine qu'il l'a investi dans le développement de son site internet.

— Sans doute.

Là encore, Jack fut tenté de lui révéler à quoi la moitié de l'argent avait servi : au règlement de nombreuses dettes dont elle ignorait probablement tout. Des dettes liées à un train de vie débridé, au paiement de chambres d'hôtel occupées par deux personnes et non une seule…

Grace plissa les yeux, surprise par le ton employé par Jack.

— Sean a-t-il été en contact avec vous ?

Si tel était le cas, cela la soulagerait d'un grand poids. Elle doutait toutefois que Sean détienne le numéro du portable de Jack.

— Je n'ai eu aucune nouvelle de sa part, répondit-il après une brève hésitation. Ecoutez, oubliez ce que je vous ai dit. Profitez de votre jogging. De mon côté, j'ai quelques détails à régler avant de rentrer chez moi.

Grace se mordit la lèvre inférieure. Elle hésitait à prendre congé sans parler à Jack, comme elle avait prévu de le faire, pour lui demander d'accorder à Sean encore un peu de temps.

— Finalement, j'ai changé d'avis, déclara-t-elle, au prix d'un effort qui lui coûta beaucoup. J'aimerais visiter votre bateau.

Jack serra les poings. Sans laisser apparaître sa stupéfaction, il hocha la tête.

— Bien sûr, répondit-il, guindé.

Pourquoi ce revirement ? Qu'est-ce qui avait poussé Grace à revenir sur sa décision ?

Comme elle semblait grelotter, l'envie de la serrer dans ses bras pour la réchauffer le saisit. Mais il la contint. Un geste déplacé de sa part et elle s'enfuirait de nouveau.

Il indiqua du doigt l'échelle métallique qui permettait de gagner le ponton où était amarré son voilier.

— Vous sentez-vous capable de l'emprunter ou préférez-vous utiliser les marches qui se trouvent de l'autre côté ?

— Je devrais m'en sortir, répondit-elle avec un léger sourire.

Elle regretta sa décision d'emprunter l'échelle quand elle vit Jack descendre devant elle pour être prêt à la rattraper si elle trébuchait. Heureusement, elle parvint à descendre sur le quai sans son aide. Lui emboîtant le pas, elle longea le ponton où étaient amarrés les bateaux.

— C'est un peu plus loin, lui dit Jack en se retournant pour s'assurer qu'elle le suivait.

Quand il s'arrêta devant un splendide voilier d'une quinzaine de mètres, tout en bois, elle écarquilla les yeux de surprise.

— Oh ! quelle merveille ! s'exclama-t-elle avec ravissement.

C'était un deux-mâts magnifique, aux chromes rutilants.

— Vous aimez ?

— J'adore ! Franchement, je ne m'attendais pas à ça.

— Je préfère ne pas vous demander à quoi vous vous attendiez, grommela Jack.

Après avoir emprunté la passerelle, il sauta sur le pont du bateau et se tourna vers elle.

— Venez, donnez-moi la main.

Grace accepta son aide, mais dès que sa peau entra en contact avec celle de Jack, une sorte de décharge électrique la traversa. Elle retira très vite sa main, sous le regard sombre de son compagnon. Pendant un instant, elle crut qu'il allait dire quelque chose. Le cœur battant, elle se figea, mais un autre bateau pénétrant dans la marina fit soudain tanguer le voilier. Voulant agripper le bastingage, Grace trébucha sur un cordage et se retrouva les quatre fers en l'air sur le pont. L'incident les fit rire tous les deux.

— Il semble que vous n'ayez pas le pied marin ! la taquina Jack.

Quand il lui tendit la main pour l'aider à se relever, elle accepta de bonne grâce.

— Merci. Alors, allez-vous me faire visiter cette merveille ?

13.

Jack prit une profonde inspiration. Comment lutter contre l'attirance que Grace exerçait sur lui ? Depuis qu'elle avait posé le pied sur son bateau, il avait une furieuse envie de l'embrasser.

Chassant le trouble qui s'emparait de lui, il se concentra sur la demande de la jeune femme : lui faire visiter son bateau. Il était fier de l'*Osprey*, ce voilier de rêve qu'il avait pu s'offrir grâce à l'héritage de sa grand-mère.

— Eh bien, je vous présente ma deuxième maison. Qu'en pensez-vous ?

— Je m'attendais à un bateau plus grand, lui dit-elle en toute honnêteté.

— Oh ! il l'est bien assez pour moi. Il y a une cabine principale, une grande chambre, une autre plus petite, une salle de bains et une cuisine dont je ne me sers pas beaucoup.

Grace lui adressa un sourire amusé.

— Il vous arrive de préparer des petits plats ?

— Je suis capable de faire une omelette ou des spaghettis sauce bolognaise. J'ai bien peur que mes talents culinaires s'arrêtent là.

— Je suis impressionnée ! avoua Grace après avoir inspecté le voilier du regard.

— Ça, c'est une première !

— Je ne suis pas difficile à satisfaire, vous savez ! dit-elle sur le ton de la plaisanterie.

Puis, enroulant les bras autour de son buste, elle demanda :

— Pouvons-nous descendre ?

Avisant la légèreté de sa tenue, Jack comprit que Grace avait froid. Visiter les cabines équivalait à jouer avec le feu, mais il ne pouvait guère la laisser grelotter sur le pont.

— Bien sûr.

Réprimant un frisson d'excitation, il l'invita à le suivre.

— Par ici, lui dit-il en s'engageant dans l'escalier qui menait aux cabines. Attention en descendant. C'est plutôt étroit.

Grace écarquilla les yeux, admirative. Tout comme à Lindisfarne House, la décoration des lieux était extrêmement soignée, d'une élégance exquise. Une grande porte donnait sur la cabine principale. Grace hésita un instant avant de pénétrer dans la pièce. Puis, conquise par la beauté de l'aménagement intérieur, elle en franchit le seuil. Des canapés moelleux recouverts de coussins multicolores invitaient à la détente.

— Allez, ne soyez pas timide, entrez !

Jack se tenait debout au milieu du salon. Malgré sa tenue décontractée, il ne déparait pas dans ce décor.

— C'est extraordinaire, commenta-t-elle.

— Et pratique, compléta Jack avec un sourire, visiblement ravi de sa réaction. Votre père possède-t-il un bateau ?

— Non, éluda-t-elle en détournant les yeux.

Que dirait Jack s'il apprenait que Tom peinait à joindre les deux bouts ? Le pub coûtait cher en entretien et l'argent investi dans le projet de Sean grevait son budget.

— Et vous ? poursuivit Jack. Aimez-vous naviguer ?

— Je pensais aimer cela, avoua-t-elle piteusement. Quand j'étais petite, mon père m'a emmenée en mer sur un chalutier. J'ai été malade tout du long. Mon enthousiasme en a pris un coup.

— Je veux bien vous croire ! répliqua Jack en riant, ravi de constater que l'atmosphère s'était détendue entre eux.

Ensemble, ils se dirigèrent vers l'espace cuisine. Grace fut surprise de découvrir à quel point l'endroit était bien équipé.

— Désirez-vous boire quelque chose ? Je peux vous proposer du jus d'orange ou du Coca-Cola, ou encore une bière.

Grace se rappela soudain la mission qui l'avait poussée à prolonger ce tête-à-tête avec Jack. Le cœur battant, elle hésita un court instant.

— Je ne veux rien, merci, dit-elle, avant de s'éclaircir la gorge. Il faut que je vous dise quelque chose : Sean m'a appelée tout à l'heure.

— Ah oui ?

Jack referma la porte du réfrigérateur avec une certaine brusquerie. Il aurait préféré que Grace lui annonce cette nouvelle avant de monter à bord de son bateau.

— Ainsi, vous aviez *projeté* de venir me voir ?

— Non. Enfin… pas vraiment.

Se tordant nerveusement les mains, elle prit une profonde inspiration.

— L'un de vos conseillers financiers a pris contact avec lui pour lui réclamer le contrat. Il se trouve que… Sean a besoin de plus de temps que prévu pour développer son site internet.

Jack ravala son accès de colère. Il ne pouvait tenir Grace pour responsable des manquements de son petit ami. Ce qui l'irritait le plus, c'était qu'elle semblait tout ignorer de ses fourberies. Sa naïveté le rendait fou. Peut-être devrait-il lui ouvrir les yeux sur Sean ? Lui révéler sa vraie nature afin qu'elle ne nourrisse aucune illusion ?

Il ne se sentait toutefois ni la force ni le droit de la décevoir. Se détournant pour lui cacher son visage, il réfléchit à toute vitesse. Que pouvait-il répondre à ce qu'elle venait de lui annoncer ? Devait-il la rassurer ? Lui dire que Sean n'avait pas de souci à se faire ? Que tout finirait par s'arranger ? Depuis les révélations qu'on lui avait faites sur Lisa, il se trouvait dans une situation impossible…

— Ne vous en faites pas pour lui, dit-il enfin en lui faisant face de nouveau. Vous a-t-il dit quand il reviendrait à Rothburn ?

Gênée par le regard insistant de Jack, Grace noua les bras autour de son corps, comme pour se protéger.

— Heu… non, admit-elle. Avez-vous besoin de le voir ?

— Pas particulièrement…

Le silence se fit entre eux. Grace le rompit la première.

— Je ferais mieux de partir, maintenant. Je n'ai pas fini mon jogging.

— D'accord.

C'était sans doute la meilleure solution, songea Jack en s'effaçant pour la laisser passer. Comme elle ne bougeait pas, il planta le regard dans le sien et une immense émotion le saisit. Une émotion visiblement partagée…

Incapable de résister davantage, Jack l'attira dans ses bras.

— Bon sang, Grace ! Ceci n'était pas prémédité. Je ne vous ai pas invitée sur le bateau pour…

— Non ?

Cette fois, c'en fut trop. Jack resserra son étreinte et happa goulûment les lèvres de la jeune femme. Un long baiser les réunit, passionné, enfiévré. Leurs corps se moulèrent l'un à l'autre.

Puis, dans un sursaut de conscience, Jack s'arracha à ce baiser.

— Nous ferions mieux d'arrêter pendant qu'il en est encore temps. Je vous désire follement, mais…

— Jack…

— Vous avez dit que vous vouliez partir, insista-t-il en relâchant son étreinte. Il se fait tard. Je n'aimerais pas vous savoir dehors à la nuit tombée.

— Cela vous inquiète ?

— Evidemment, répliqua-t-il, nerveux, tout en s'écartant de quelques pas. Allons-y.

— Merci de m'avoir fait visiter votre bateau, balbutia Grace.

— Le plaisir était pour moi.

Sa visiteuse demeurait immobile. Jack l'observa, les yeux mi-clos.

— Qu'y a-t-il ?

— Eh bien… J'aimerais me laver les mains. Où est la salle de bains ?

Sans un mot, il la conduisit vers une double porte qui donnait sur l'espace nuit du bateau, dans lequel trônait un grand lit recouvert d'un plaid couleur bronze.

— La salle de bains se trouve de ce côté, indiqua Jack. Prenez votre temps.

Quand Grace eut refermé la porte derrière elle, Jack sortit de la cabine. Il aurait pu l'attendre, mais il ne doutait pas qu'elle retrouve son chemin jusqu'au pont.

Après avoir grimpé les marches, il entreprit de vérifier les amarres. C'était déjà chose faite, mais on n'était jamais assez prudent. A tous les niveaux, d'ailleurs…

Au bout de cinq minutes, Grace ne l'avait toujours pas rejoint. Il se posta en haut de l'escalier pour l'attendre. Que faisait-elle ?

Soudain, entendant une faible plainte, il dévala les marches. La cabine principale était vide. Après une brève hésitation, il gagna la chambre.

— Jack !

La voix de Grace lui parvenait distinctement à présent. Elle se trouvait toujours dans la salle de bains. Que lui était-il arrivé ? Pourquoi l'appelait-elle ?

— Oui ? Tout va bien ?

— Est-ce que je vous appellerais si tout allait bien ? Je n'arrive pas à déverrouiller la porte.

— Avez-vous soulevé le loquet ?

— Quel loquet ? Je n'ai touché à rien en refermant la porte.

— Le loquet s'est sans doute abaissé tout seul…

Avant qu'il poursuive ses explications, la porte de la salle de bains s'ouvrit sur Grace, le visage rouge de confusion. Incapable de garder son sérieux, Jack éclata de rire. Vexée, Grace le fusilla du regard.

— Eh ! Ne faites pas cette tête, lui dit Jack en reprenant son sérieux. C'est la première fois qu'une personne se trouve bloquée dans ma salle de bains.

— Et ça vous amuse ? Personne ne vous a jamais dit à quel point votre humour est puéril ?

— Bon, d'accord, je manque un peu de discernement parfois.

— Un peu ?

— Beaucoup, je vous le concède.

Plongeant le regard dans celui de Grace, Jack ressentit soudain une intense émotion. Il regrettait de l'avoir humiliée en se moquant d'elle.

— Je suis désolée, chérie…

— Je ne suis pas votre chérie, protesta Grace en levant les mains pour le repousser.

Jack les emprisonna entre les siennes et déposa un baiser aérien sur ses doigts.

— Allons, cessez de m'en vouloir, lui dit-il d'un ton très doux. Je plaisantais.

— Ah oui ?

Il y avait toujours de la colère dans son regard, mais Jack devinait qu'elle s'émoussait. Poussé par le désir irrépressible de la rassurer, il l'attira soudain dans ses bras.

— Jack !

Ignorant s'il s'agissait d'une protestation ou d'une invitation, il étouffa son cri sous ses lèvres.

Grace répondit malgré elle au baiser de Jack. Bouleversée, elle fondit, s'abandonnant au tourbillon d'émotions qui l'assaillait. Plus rien n'existait, excepté leurs lèvres soudées, leurs souffles mêlés.

Son corps brûlait d'un désir incandescent qui gagnait chaque parcelle de sa peau. Glissant les mains sous le T-shirt de Jack, elle l'attira contre elle, les sens en émoi. Quand il la souleva de terre, l'invitant à nouer les jambes autour de sa taille, une sensation de déjà-vu la saisit. Le même désir l'étreignait que ce fameux jour à Culworth… Jamais elle ne s'était sentie aussi vivante !

Le doute n'était plus permis : ce qu'elle faisait à cet instant précis, elle ne le faisait pas pour Sean. Enveloppée dans un cocon de sensualité, elle se mit à haleter contre les lèvres de son compagnon. Puis, quand la main de celui-ci s'aventura sous son soutien-gorge, elle laissa échapper un gémissement et se mit à trembler violemment.

— Jack… S'il vous plaît…

Le bateau se mit subitement à tanguer. Seigneur, quelqu'un venait de monter à bord !

Grace se pétrifia, effrayée qu'on puisse les surprendre.

— Attendez-moi ici, chuchota Jack en la reposant délicatement au sol.

Elle l'entendit emprunter le couloir, puis monter les marches quatre à quatre.

Profitant de ce répit, elle retourna dans la salle de bains et contempla son reflet dans le miroir. Elle avait les cheveux en bataille, les joues en feu, et ses lèvres lui parurent plus rouges que d'habitude. Heureusement, elle se souvint qu'elle avait couru. En la voyant en tenue de jogging, personne ne se douterait de la scène qui venait de se dérouler entre Jack et elle.

Qui avait pu monter à bord du bateau sans permission ? se demanda-t-elle avec effarement. Il ne pouvait s'agir que d'un ami de Jack…

Elle se pétrifia devant le miroir en reconnaissant la voix de son père.

— Monsieur Connolly, dit celui-ci en guise de salutation.

— Bonjour, monsieur Spencer, répondit Jack. Puis-je vous aider ?

— Peut-être. Je me demandais… auriez-vous vu ma fille ?

— Grace ?

— Oui, Grace, évidemment, qui d'autre ? Jim Wales, le capitaine du port, m'a dit qu'il vous avait vu lui parler.

— Ah oui…

Refusant l'idée que Jack puisse mentir pour elle, Grace monta les marches.

— Je suis là, papa, dit-elle en s'interposant entre les deux hommes.

Tom les dévisagea à tour de rôle, puis reporta son attention sur elle.

— Ta mère s'inquiète à ton sujet. As-tu vu l'heure ?

Agacée par ce ton de reproche, Grace jeta un coup d'œil à sa montre. Elle constata que le temps avait passé très vite : il était 21 h 30 !

— J'ignorais qu'il y avait couvre-feu, maugréa-t-elle.

— Grace !

Jack n'était pas très à l'aise. Visiblement, Tom Spencer

n'appréciait pas d'avoir cette conversation avec sa fille en sa présence.

— Se promener dans une tenue aussi légère à la nuit tombée n'est pas raisonnable pour une jeune femme.

— Je faisais un jogging, papa.

— Ah oui ?

Tom Spencer jeta un regard soupçonneux vers Jack avant d'ajouter :

— Il semble que M. Connolly t'ait interceptée.

— J'ai proposé à Grace de visiter mon bateau, répondit-il d'un ton sec. Je ne vois pas où est le problème.

— Il n'y en a pas, sauf si vous aviez autre chose en tête.

Décontenancé par l'accusation de Tom Spencer, Jack garda un instant le silence. Puis il comprit que les parents de Grace ignoraient tout à son sujet.

— Je suis désolé d'avoir mis votre fille en retard. Présentez toutes mes excuses à votre femme.

Tom Spencer redressa les épaules. Il était plutôt de grande taille, mais pas autant que Jack.

— Je le ferai, dit-il froidement.

Puis, après un bref silence, il demanda :

— Au fait, votre autre… invitée est-elle déjà partie ?

— Mon autre invitée ? répéta Jack, interloqué. Je ne vois pas de qui…

— La jeune dame que George Lewis a récupérée à l'aéroport, insista Tom Spencer d'un air de défi. Elle lui a dit qu'elle comptait rester chez vous quelques semaines.

Jack réprima un juron. La mine effarée de Grace lui serra le cœur. Son père venait de lui porter un coup bas qui risquait de compromettre sa relation avec elle.

— Oui, elle est partie.

Il tenta vainement de capter le regard de Grace. Comme celle-ci gardait la tête baissée, il ajouta :

— Debra Carrick est ma belle-sœur.

— Votre *belle-sœur* ? répéta Grace en levant ses beaux yeux vers lui.

Mais Tom Spencer n'avait pas dit son dernier mot.

— Allons, Grace, tu sais très bien que M. Connolly a été marié. Je suis sûr que Sean te l'a dit.

Jack frémit en entendant le nom de Sean. Le père de Grace l'avait évoqué à dessein.

— Il est important d'être entouré par des personnes aimantes, affirma-t-il, déterminé à enfoncer le clou. Des personnes qui, comme ma belle-sœur, peuvent m'aider à surmonter la perte tragique de Lisa, ma femme.

14.

Jack était d'une humeur massacrante lorsqu'il rentra chez lui. A moment donné, l'envie de tordre le cou de Tom Spencer l'avait saisi.

Le père de Grace était un imbécile, songea-t-il avec amertume. Il s'était comporté comme si sa fille était le Petit Chaperon rouge et lui le Grand méchant loup. Bon sang, cet homme ne savait rien de lui, et l'allusion à Lisa lui avait fait l'effet d'un coup de massue !

Grace était repartie avec son père. Elle n'avait pas eu le choix, d'autant que celui-ci était venu la chercher en voiture. Malgré les explications de Jack au sujet de Debra, il craignait que Grace ne nourrisse des soupçons sur sa relation avec sa belle-sœur. Comment lui en vouloir ? Son père avait tout mis en œuvre pour l'éloigner de lui. En outre, elle était encore la petite amie de Sean, fait que Tom Spencer avait généreusement mis en avant.

Jack se sentait coupable. Il n'avait jamais courtisé la fiancée d'un autre homme. Et il se demandait comment Tom Spencer réagirait s'il apprenait la vérité…

Malgré tous les obstacles, Jack ressentait pour Grace une attirance folle. Elle lui inspirait du désir, certes, mais aussi beaucoup de tendresse, l'envie de tout savoir sur elle, de mieux la connaître, de cerner sa personnalité. C'était la première fois qu'il s'intéressait à ce point à quelqu'un depuis de nombreuses années.

Ce soir, il avait eu le sentiment de partager quelque chose de très fort avec elle ; malheureusement l'antipathie qu'il nourrissait pour son père risquait de tout compromettre.

Jack se maudit pour son propre comportement. Il aurait dû se maîtriser, ne pas montrer ses sentiments. A présent, il savait que Tom Spencer refuserait probablement de le servir s'il se présentait au Bay Horse. Pire encore, Sean risquait de venir à Rothburn ce week-end. Peut-être apporterait-il le fameux contrat qu'il était censé fournir. Comment Grace l'accueillerait-elle ?

Les nerfs à vif à l'idée de la perdre à jamais, il se rendit dans la cuisine. A peine était-il entré que l'image de Lisa se matérialisa devant ses yeux. Après le fiasco de la soirée, devoir subir son apparition ne l'enchantait guère.

— Qu'y a-t-il ? lui demanda-t-elle. Quelqu'un aurait-il joué les trouble-fête ?

— A part toi, tu veux dire ? Ah, au fait, ta sœur m'a fait des confidences. Pas étonnant que tu ne m'aies jamais parlé de l'accident !

Lisa balaya cette remarque d'un revers de la main.

— Je te l'ai déjà dit, Debs est amoureuse de toi. Elle te raconterait n'importe quoi pour que tu t'intéresses à elle.

Après avoir mis en route la cafetière, Jack dévisagea sa défunte épouse.

— Alors, ce n'est pas vrai ? Tu n'avais pas de liaison ?

— Je t'aimais, Jack, minauda Lisa, tu ne t'en souviens pas ? Nous étions heureux ensemble. Pourquoi serais-je allée voir ailleurs ?

— A toi de me le dire.

En réalité, peu lui importait désormais que Lisa lui ait été infidèle.

— J'étais une bonne épouse, insista cette dernière. Ta maison était toujours bien tenue, tes repas toujours prêts.

— Oui, grâce à Mme Reilly. Je n'ai pas le souvenir de t'avoir vue t'occuper des tâches ménagères.

— En effet, je n'avais pas besoin de m'en soucier. Mais cela ne me rend pas infidèle pour autant, argua-t-elle en contemplant le vernis carmin qui recouvrait ses ongles. Et si c'est ce qui te tourmente…

— Cela n'a rien à voir, la coupa Jack.

— Vraiment ?

Lisa paraissait presque déçue. Puis son regard se fit soupçonneux.

— C'est à cause de cette fille, je parie ! Celle qui est venue ici avec Sean.

Elle partit d'un grand rire, avant de s'exclamer :

— Quelle ironie !

— Que veux-tu dire ?

Trop tard : Lisa avait disparu, son image fondue dans les ténèbres.

Jack se frotta les yeux, se demandant s'il avait rêvé toute cette scène. Mais en emportant son café au salon, il eut l'impression d'entendre l'écho du rire de Lisa.

Grace travaillait de nouveau au pub ce samedi soir. Elle aurait préféré s'en abstenir, mais Rosie était repartie pour Newcastle.

Tout en s'affairant au bar, elle se dit qu'elle traiterait Jack de la même manière que les autres clients s'il venait prendre un verre. Elle se sentait prête à l'affronter. Leur dernière rencontre, gâchée par l'apparition de son père, datait d'une semaine. Une longue semaine passée à ruminer des pensées moroses.

Sur le bateau, quand son père avait évoqué la visite de sa belle-sœur, elle avait compris son intention : il voulait la mettre en garde, lui faire comprendre que Jack n'était pas un cœur à prendre car il aimait encore sa femme décédée.

Quand, après des heures de travail harassant, elle comprit que Jack ne viendrait pas, son humeur s'assombrit. Elle aurait tant aimé le revoir…

Elle n'arrivait pas à oublier leurs étreintes passionnées. Si son père ne s'était pas interposé, ils auraient fait l'amour sur le bateau, dans cette magnifique cabine. Au lieu de se féliciter de ne pas en être arrivée là, un profond sentiment d'inachevé l'habitait.

Parallèlement, le silence inconfortable qui régnait entre son père et elle la mettait au supplice. Les non-dits planaient entre eux, tels des oiseaux de mauvais augure. Tom ne lui avait pas demandé pourquoi elle était allée rendre visite à Jack sur son bateau.

A la vérité, elle ne savait plus elle-même ce qui l'avait motivée. Pourquoi avait-elle accepté son invitation ? Elle savait les dangers qu'elle encourait, mais chaque fois qu'elle se trouvait en présence de Jack, elle oubliait tout le reste.

Son service terminé, elle monta dans sa chambre et ôta ses vêtements. Tandis que l'eau de la douche coulait sur son corps épuisé, une grande lassitude l'envahit. Quand sa vie reprendrait-elle son cours normal ? Quand les catastrophes ponctuant chacune de ses initiatives cesseraient-elles de s'accumuler sur son chemin ?

Soudain, l'image de Jack s'immisça dans ses pensées. Aussitôt, une intense chaleur se répandit dans tout son corps. Jamais Sean n'avait éveillé en elle de telles sensations.

Chassant le désir qui pulsait dans ses veines, Grace sortit de la douche, se frictionna avec une serviette puis se blottit en chien de fusil dans son lit. Malgré la fatigue accumulée, elle trouva le sommeil au petit matin seulement.

A son réveil, Grace constata avec effarement qu'il était déjà 11 heures. Alors qu'elle allait se lever, un léger bruit l'alerta. Aussitôt après, le visage de sa mère apparut à la porte de sa chambre.

— Ah, tu es enfin réveillée, lui dit celle-ci avec un sourire. Tu as de la visite. Sean est en bas.

— Sean ?

Pendant un instant, Grace avait espéré qu'il s'agisse de Jack… Susan ne l'avait jamais rencontré, mais elle avait sans doute entendu parler de lui par son père. Elle devait, tout comme lui, ne pas apprécier que sa fille fréquente un autre homme que celui qui à leurs yeux était encore son fiancé.

— Allons, debout ! insista Susan en ramassant les vêtements abandonnés par Grace çà et là. Ce n'est pas ton style de te lever si tard.

— Je n'ai pas très bien dormi. Quand Sean est-il arrivé ?

— Il y a quinze minutes environ.

Grace contempla le visage fatigué de sa mère et ressentit une pointe de culpabilité en la voyant ranger sa chambre.

— Je vais lui dire que tu arrives, d'accord ? Je sais qu'il est impatient de te voir.

— Moi je ne le suis pas, marmonna Grace à mi-voix.

Surprise par ce qu'elle venait d'entendre, Susan se tourna vers elle, les bras chargés de linge.

— Ah bon ? Pourquoi ?

— C'est une longue histoire, maman. Ce n'est pas l'homme que papa et toi croyez.

Sa mère fronça légèrement les sourcils.

— Je dois admettre que je n'étais pas très favorable à l'idée d'investir dans ses affaires. Mais tu connais ton père… Il espère vivement que l'entreprise de Sean réussisse. Gagner un peu d'argent nous aiderait beaucoup.

— Oh ! maman…

— Ne tarde pas trop, d'accord ?

Visiblement peu désireuse de s'étendre sur le sujet, Susan se dirigea vers la porte, l'entrouvrit, puis se tourna une dernière fois vers Grace.

— Sean a fait la route depuis Londres ce matin et je crois qu'il envisage de repartir ce soir. Il a l'air fatigué. Peut-être est-il porteur de bonnes nouvelles ? Pour une fois, cela ne nous ferait pas de mal, non ?

— Pourquoi dis-tu cela ? demanda Grace avec inquiétude. Tu n'es pas… tu n'es pas…

— … de nouveau malade ? Non, rassure-toi, mon état est stable. Mais je sais que ton père se fait du souci pour le pub. Payer un crédit tous les mois plombe nos finances.

— Je suis désolée, maman…

Grace secoua la tête, atterrée. Elle était en grande partie responsable des soucis de son père. Il fallait qu'elle parvienne à convaincre Sean d'utiliser un peu de l'argent prêté par Jack pour le soulager financièrement.

— Je vais prendre une douche rapide, dit-elle en quittant prestement le lit. Je n'en ai pas pour longtemps.

Un sourire ravi joua sur les lèvres de sa mère.

— Parfait, je vais prévenir Sean.

« Tu peux lui dire aussi à quel point je le hais de vous avoir escroqués, papa et toi… », rétorqua-t-elle mentalement.

Quand Grace gagna le rez-de-chaussée, il était presque midi. Après s'être lavé les cheveux, elle avait pris le temps de les sécher. Puis, elle avait fourragé dans son armoire à la recherche d'une tenue adéquate. Finalement, elle avait opté pour un short blanc, un haut rose et des sandales compensées à hauts talons.

Sean se trouvait sur la terrasse, attablé devant une bière. Il était venu seul, mais plaisantait avec deux jeunes filles assises à proximité. A les entendre glousser, il devait leur faire du charme.

Quand Grace avança pour le rejoindre, il tourna vivement la tête vers elle.

— Eh, voilà ma beauté ! s'écria-t-il en prenant à témoin ses deux jeunes admiratrices.

Gênée, Grace approcha, tout en demeurant hors de sa portée. Sean lui adressa un large sourire.

— Tu es superbe !

— Pourquoi es-tu ici ? grommela-t-elle à mi-voix. Es-tu venu régler tes dettes ?

— Allons, ne fais pas ta mauvaise tête ! Viens t'asseoir et prends un verre.

Peu désireuse de se donner en spectacle devant les jeunes filles, Grace accepta de prendre un siège.

— Je ne veux rien boire, lança-t-elle à Sean.

Les nerfs à fleur de peau, elle attendit qu'il se commande une autre bière avant de revenir à la charge.

— Que se passe-t-il ? Aurais-tu repris contact avec Jack ?

— Ah ça non ! s'écria Sean d'un air horrifié. Et au fait, pourquoi m'as-tu raccroché au nez l'autre soir ? Je n'ai pas apprécié du tout.

— Désolée que cela ne t'ait pas plu, ironisa-t-elle, cynique. Où en es-tu dans ton projet de site internet ? Mais peut-être ne suis-je pas censée te poser la question.

Sean haussa négligemment les épaules.

— Ça avance, ça avance…

— C'est-à-dire ?

— Eh, je n'ai pas à te répondre !

— Ah bon ? Il me semble que mes parents méritent des explications, non ? Et il faut que tu tiennes Jack informé. Il est assez énervé.

Sean plissa les yeux, soupçonneux.

— Es-tu allée le trouver ?

— Je l'ai vu, admit-elle. Je l'ai croisé quand je suis allée courir, l'autre soir. Il travaillait sur son bateau et il m'a aperçue sur le quai.

— Bien joué ! Je suppose que tu as visité son bateau ? Raconte, comment est-il ? Je parie que c'est un yacht hors de prix.

— Non, c'est un voilier en bois.

— Ça ne m'étonne pas ! Il a fallu qu'il opte pour un engin qui demande une certaine habileté. Lisa avait raison de dire qu'il ne choisissait jamais la facilité.

— Tu connaissais sa femme ? dit Grace, piquée par la curiosité. Tu ne me l'avais pas dit.

— Bien sûr que je la connaissais, répliqua Sean d'un ton arrogant, avant d'avaler une longue rasade de bière. Lisa était une brave fille. Elle et moi avons… bien ri ensemble.

Quelque chose dans les propos de Sean la troubla, sans qu'elle parvienne à en comprendre la raison. Comme s'il savait des choses que Jack ignorait.

— Alors, reprit Sean, que s'est-il passé quand tu as vu Jack ? Qu'a-t-il dit ?

— Que voulais-tu qu'il dise ?

— L'as-tu mis au courant de mes… petits problèmes ?

— Vaguement, mais j'ai eu l'impression qu'il ne souhaitait pas aborder ce sujet avec moi.

— Mince ! Dois-je en déduire que tu n'as pas joué de tes charmes ?

— Non ! s'écria Grace.

Elle s'empourpra tandis que la scène survenue sur le bateau lui revenait en mémoire.

— J'aurais dû m'en douter, grommela Sean. Tu as toujours été un glaçon.

Elle reçut ces mots comme une gifle. Refusant de répondre à cette provocation, elle se leva de son siège.

— Va au diable, Sean ! Et ne reviens pas avant d'être en mesure de rembourser mon père.

— Je ne dois rien à ton vieux, répliqua-t-il avec arrogance. Si son investissement n'a rien donné, ce n'est pas mon problème.

— Tu n'es pas sérieux ? s'étrangla Grace.

— Bien sûr que si ! Il arrive à plein de gens de jouer en Bourse. C'est la faute à pas de chance quand ils perdent leur mise.

— Espèce de salaud ! lui jeta-t-elle au visage.

Rouge de colère, Sean se leva à son tour. Tournant le dos aux deux jeunes filles — qui tendaient l'oreille pour ne rien perdre de leur dispute —, il demanda :

— Jack t'a dit quelque chose, n'est-ce pas ? Je parie qu'il t'a mise au courant de certaines de mes dettes.

— Il ne m'a rien dit au sujet de l'argent. Mais te connaissant, je suis surprise qu'il t'ait accordé un prêt.

— J'aurais dû me douter qu'il saisirait la moindre occasion pour me rabaisser. Lisa a toujours affirmé…

Sean s'interrompit brusquement.

— Il ne comprend rien à ma situation, reprit-il en changeant de sujet. Je n'ai jamais baigné dans l'opulence, moi.

Grace fut prise d'un vertige. Comment avait-elle pu le plaindre lorsqu'il avait perdu son emploi ? Pourquoi avait-elle épongé une partie de ses dettes quand il s'était retrouvé sans revenus ? Malgré le petit salaire qu'elle percevait à l'époque, elle l'avait aidé à subvenir à ses besoins. C'était d'ailleurs l'une des raisons pour lesquelles elle avait si peu d'économies aujourd'hui.

Puis elle avait découvert que l'appartement où ils vivaient n'appartenait pas à Sean. La somme qu'elle versait chaque mois pour régler les échéances de son crédit allait directement dans sa poche. Comment avait-elle pu se montrer aussi naïve ?

Il avait fallu qu'elle trouve Natalie au lit avec Sean pour enfin comprendre son erreur. Puis il y avait eu la maladie de sa mère. Finalement, ces deux événements étaient survenus au bon moment, permettant à Grace de s'enfuir et de mettre un terme à sa relation avec Sean. Si ses parents n'avaient pas été impliqués, elle ne l'aurait jamais revu.

— Ecoute, dit-elle d'un air las, si tu veux voir Jack, va le trouver directement. Dis-lui que tu rencontres des problèmes. Peut-être acceptera-t-il de t'aider.

— Tu crois ? Tu vas venir avec moi, n'est-ce pas ?

— Tu plaisantes !

— Pas du tout. Si tu ne veux pas que j'annonce à tes parents qu'ils ne reverront jamais leur mise, je te conseille de m'accompagner, ma jolie !

15.

Jack se trouvait dans le bureau qu'il s'était aménagé au premier étage quand la sonnette de sa porte d'entrée retentit.

Cela faisait plusieurs heures qu'il travaillait sur les plans des cottages de Culworth. Il avait décidé d'abattre toutes les cloisons du rez-de-chaussée des maisons pour créer de grands espaces à vivre avec cuisine intégrée. Lâchant un long soupir, il se décida à aller répondre.

Soudain, une pensée désagréable se fraya un chemin dans son esprit. C'était dimanche. Or Sean rendait visite à sa petite amie le week-end… Et si le visiteur n'était autre que lui ? Son pouls s'accéléra à l'idée que Grace l'accompagne. Jack avait très envie de la revoir… mais seule ! La culpabilité l'envahit de nouveau. Si le comportement de Sean était déplorable, le sien ne valait guère mieux.

Avec le vague espoir de se tromper sur l'identité du visiteur, Jack jeta un coup d'œil par la fenêtre. Pas de Mercedes dans l'allée. Soulagé, il ouvrit la porte, puis comprit ce qui l'avait induit en erreur : Sean avait garé sa voiture à l'extérieur de la propriété.

— Jack ! Tu en as mis du temps à ouvrir. J'ai failli repartir. Je peux entrer ?

— Bien sûr, dit-il en s'effaçant pour laisser passer son visiteur. Grace ne t'accompagne pas aujourd'hui ?

— Heu… non. Elle aide ses parents au pub.

— Elle ne voulait pas venir ? demanda Jack malgré lui.

— Non, en effet.

Sean pénétra dans le salon, retira sa veste puis s'affala sur un canapé.

— Ah, ça va mieux, dit-il avec un soupir. Il fait frais chez toi. Tu as l'air conditionné ?

— Non. Les murs sont épais et conservent la fraîcheur.

— Et la chaleur l'hiver, j'imagine. Ces vieilles maisons ont du bon, quoi qu'en disent les constructeurs d'aujourd'hui.

— En effet, acquiesça Jack. Mais je doute que tu sois venu me parler d'architecture moderne.

Il enfonça les mains dans ses poches puis planta le regard dans celui de son visiteur.

— As-tu des nouvelles à me donner sur le site internet ?

— Ça avance, répondit Sean en détournant les yeux. J'ai eu quelques problèmes à régler, en fait.

— Ah oui ? Lesquels ?

— Je sais que tu as cherché à te renseigner sur moi.

— Cela me paraît normal, répliqua Jack d'un ton léger. Cent mille livres, ce n'est pas une somme modique.

— Je t'avais dit que je te tiendrais informé des avancements du projet, rétorqua Sean avec une grimace.

— Et tu ne l'as pas fait.

— Mais si !

— Corrige-moi si je me trompe : la dernière fois que nous nous sommes parlé remonte à six semaines, non ?

— Et alors ? J'ai été très occupé. Demande à Grace, si tu ne me crois pas. C'est la première fois que je reviens à Rothburn depuis notre dernière visite chez toi. Et je suis arrivé ce matin seulement. Je ne cherche pas à t'éviter !

— Ah bon ? Je croyais que tu venais tous les week-ends.

— C'est ce que t'a dit Grace ? demanda Sean avec un sourire narquois.

Jack serra les poings dans ses poches.

— Non, elle ne m'a rien dit. De toute façon, cela ne me regarde pas.

— C'est vrai. Tu sais, il faut que tu comprennes que la situation n'est pas facile pour moi. Je dois jongler sur tous les fronts, travailler et développer mon projet en même temps. Si j'étais plus disponible, j'aurais avancé plus vite.

— Six semaines se sont écoulées…

— C'est beaucoup et peu à la fois.

Jack se retint de lui rappeler son voyage à Las Vegas. Avait-il passé tout son temps libre dans des bars et des casinos ? Qu'en pensait Grace ? Etait-elle même au courant ?

— Quoi qu'il en soit, reprit Sean à contrecœur, je te présente mes excuses. J'aurais dû me manifester plus tôt. Je ferai mieux la prochaine fois.

— D'accord. Alors, as-tu trouvé d'autres investisseurs ?

— D'autres investisseurs ? répéta Sean d'une voix méfiante. Pourquoi cette question ?

— C'est une interrogation légitime, me semble-t-il. Je me demande combien d'argent tu brasses.

— Ça, c'est un coup de Grace ! s'écria Sean. Que t'a-t-elle dit exactement ?

— Grace ne m'a rien dit du tout.

— Ah… bon, d'accord, dit Sean, radouci. Il n'y a pas d'autres investisseurs. Ce n'est pas facile d'en trouver par les temps qui courent.

Il allongea les jambes et poussa un soupir d'aise.

— Tu m'offres une bière, Jack ? On ne se reverra pas avant un moment, je rentre à Londres ce soir.

— Tu ne restes pas ?

— Il faut que je sois au travail demain matin à la première heure. Tu sais, j'aurais plus de temps à consacrer à mon projet de site internet si je menais la même vie que toi. Ce doit être formidable d'être millionnaire.

Jack soutint son regard un long moment, puis se détourna

pour gagner la cuisine. Que signifiait cette remarque ? Sean allait-il lui réclamer plus d'argent ? Ce type ne manquait pas d'air ! Comme il s'y attendait, Sean le suivit.

— Je voulais te demander quelque chose : j'ai cru comprendre que tu avais vu Grace un soir où elle était sortie faire un jogging…

Surpris, Jack se raidit.

— En effet, admit-il, sur ses gardes.

— Tu lui as fait visiter ton bateau, si mes renseignements sont exacts. On dirait que vous vous entendez bien, tous les deux.

— C'est une très agréable personne, répondit-il, prudent.

Il se demandait où Sean voulait en venir, mais jamais il n'aurait imaginé une proposition aussi stupéfiante :

— Tu sais, je ne verrais aucun inconvénient à ce que tu sortes avec elle de temps en temps. Elle n'a plus aucun contact avec ses anciens amis. Et j'imagine que la compagnie d'une femme ne te déplairait pas.

— Tu… tu n'es pas sérieux, j'espère ?

— Pourquoi pas ? Ne me regarde pas comme ça ! C'est une idée, voilà tout.

— Une mauvaise idée, fit Jack, glacial. Retourne t'asseoir, je t'apporte ta bière.

— Ne sois pas si puritain ! lança Sean. Tu l'aimes bien, avoue-le. Et nous avons déjà fait ce genre de chose.

— Je ne vois pas de quoi tu parles.

— Bien sûr que si, voyons ! Quand nous étions étudiants, il nous arrivait d'échanger nos petites amies.

— Pas que je me souvienne, non. Tu dois confondre.

Sur ces mots, il pénétra dans la cuisine et claqua la porte derrière lui pour ne plus entendre la voix de Sean.

Une fois seul, il inspira plusieurs fois profondément pour calmer ses nerfs. Pourquoi les propos de Sean le mettaient-ils autant à cran ? A cause de Lisa ou à cause de Grace ?

Il avait beau retourner la situation dans tous les sens, il ne pouvait nier l'évidence : Sean était prêt à lui offrir Grace pour compenser d'éventuelles pertes financières. Il n'avait pas une très haute opinion de son ancien condisciple, mais jamais il ne l'aurait cru capable de lui proposer un marché aussi abject.

Ouvrant le réfrigérateur en grand, il en contempla le contenu. Pouvait-il vraiment offrir une bière à Sean, alors que celui-ci lui inspirait le plus profond dégoût et qu'il n'avait qu'une envie, le jeter dehors ?

L'image de Lisa se forma dans son esprit. Jamais il ne l'avait trompée, pas plus qu'il n'avait convoité d'autres femmes pendant toute la durée de leur mariage. Certes, il ne connaissait pas Grace à l'époque…

Horrifié, il chassa cette pensée de son esprit.

A son retour au salon, Jack trouva son encombrant visiteur debout devant la fenêtre. Ce dernier accepta la bière qu'il lui tendait.

— Quelle vue magnifique ! Tu as beaucoup de chance. Mais je te l'ai déjà dit.

— A mon mariage. Tu m'as félicité d'avoir épousé une femme comme Lisa.

— Oui. Tu as eu beaucoup de chance et tu en as encore, tu ne peux pas le nier !

— Toi aussi, non ? Parle-moi de Grace.

— De Grace ? répéta Sean. Je ne vois pas où tu veux en venir.

— Eh bien, c'est une très belle femme. Si tu l'aimes et que c'est réciproque, cela fait de toi un homme chanceux.

— Ah oui… Sans doute. Pourquoi abordes-tu ce sujet-là ?

— Pour la simple raison que tu as osé me suggérer

de coucher avec elle ! Bon sang, je n'offrirais jamais une femme que j'aime à un autre homme en échange d'argent !

— Tu n'as pas eu besoin de le faire, grommela Sean.

— Qu'est-ce que tu as dit ? lança vivement Jack, soudain tendu et nerveux.

Sean baissa la tête, comme s'il regrettait d'en avoir trop dit.

— Rien, absolument rien. Oublions cela. Visiblement, Grace ne t'attire pas. Ce qui ne m'étonne pas vraiment : elle est aussi froide qu'un glaçon, parfois.

— Je veux savoir ce que tu sous-entendais, insista Jack. Allons, Sean, un peu de courage. Tu ne parlais pas de Grace, mais de Lisa, avoue !

— Je ne comprends pas…

— Ne mens pas ! J'ai discuté avec Debra récemment, et elle m'a fait part de certaines choses.

— Debra ! J'espère que tu n'as pas accordé de crédit à ses propos. Elle est amoureuse de toi depuis des années. Elle ferait n'importe quoi pour attirer ton attention.

— Et si tu optais pour la vérité, pour une fois ? Ou est-ce trop te demander ?

Sean hocha lentement la tête, le défiant du regard, un rictus mauvais aux lèvres.

— Ne me dis pas que tu ne t'es jamais douté de rien ?

— Douté de quoi ? persista Jack en contrôlant son envie de lui balancer une droite. Qu'es-tu en train de me dire ? Tu avais une liaison avec Lisa, c'est ça ?

— Comme si tu l'ignorais… Oui, Jack, j'ai couché avec Lisa. Plusieurs fois, si tu veux le savoir. Elle s'ennuyait avec toi. Tu ne savais lui parler que de travail.

Jack l'empoigna par le col de la chemise pour l'obliger à le regarder dans les yeux.

— Debra me l'a révélé, mais je refusais de la croire. Et la nuit de sa mort, étais-tu avec elle ?

Sean voulut se dégager, mais Jack l'en empêcha.

— C'est... c'est possible, bredouilla-t-il. Et alors ? Ce n'est pas moi qui ai causé l'accident.

— Elle te raccompagnait chez toi, c'est ça ?

— Peut-être, oui...

Comme Jack le relâchait, dégoûté, Sean laissa exploser sa colère.

— Lisa était folle de moi ! Elle avait besoin d'un homme au sang chaud dans son lit, pas d'un type obsédé par son boulot.

Enfin, la vérité lui apparaissait dans toute son horreur. Refrénant son envie de faire usage de ses poings, Jack recula de quelques pas.

— Elle devait être désespérée pour en arriver à une telle extrémité, répliqua-t-il froidement.

Curieusement, il ne ressentait aucune douleur, comme si ses sentiments pour Lisa s'étaient soudain gelés.

— Elle était hystérique, reprit Sean. Elle conduisait comme une folle. J'ai cru que ma dernière heure était venue quand le camion-citerne nous est arrivé dessus.

Jack allait lui adresser une remarque acerbe quand soudain une frayeur inouïe se peignit sur le visage de Sean.

Le regard halluciné, il fixait un point derrière Jack... Se pouvait-il que Grace ait décidé de les rejoindre, finalement ? Jetant un coup d'œil par-dessus son épaule, il vit que la pièce était vide.

— Non ! Non ! cria soudain Sean. C'est impossible... Qu'est-ce que tu essaies de me faire ? Tu veux me rendre fou !

Jack comprit alors d'où venait la terreur de son prétendu ami : Lisa avait décidé de se manifester.

Feignant la surprise, il dit d'un ton innocent :

— De quoi parles-tu, Sean ? Allons, je crois qu'il est temps de mettre un terme à cette conversation. Va-t'en, je ne veux plus voir ta sale tête.

— Mais… Jack…

— Il n'y a pas de mais, dégage !

Sean ne se fit pas prier pour déguerpir. Prenant ses jambes à son cou, il quitta la maison.

Jack n'eut pas besoin d'attendre longtemps avant que lui parvienne la voix de Lisa :

— Tu ne me pardonneras jamais, n'est-ce pas ?

— Il y a longtemps que je t'ai pardonné, répliqua-t-il d'un air las. J'espère simplement que Grace comprendra.

16.

Grace arrivait au terme d'une journée éprouvante à l'agence et rêvait de rentrer chez elle et de prendre un bain. La visite de William Grafton, venu prendre des renseignements sur une propriété à vendre à Rothburn, n'avait pas arrangé les choses. Ayant entendu dire que Grace cherchait un appartement, il l'avait informée de l'un de ses projets : la transformation d'une vieille maison sur Rothbury Road en trois logements distincts, et lui en avait proposé un. Comme si une telle opportunité la tentait… Cet homme lui inspirait le plus profond dégoût.

Pourvu que son père ne tente pas de la convaincre d'accepter cette offre ! Grafton étant son ami, elle aurait toutes les peines du monde à lui faire part de ses réticences.

Hélas, à son arrivée au pub, elle eut la désagréable surprise d'être attendue par son père qui souhaitait lui parler. Ils s'installèrent au salon, dans les appartements privés de ses parents à l'arrière du pub. Grace se sentit un peu moins stressée en apercevant le sourire radieux de sa mère.

— Veux-tu un peu de thé ? lui demanda celle-ci avec chaleur. Ton père vient juste d'en préparer.

— Non merci, maman.

Puis, saisie d'une lueur d'espoir, elle demanda :

— En aurais-tu terminé avec les examens à l'hôpital ?

— Non, répondit sa mère. Mais bientôt, j'espère.

Cependant, ma chérie, nous avons de très bonnes nouvelles à t'annoncer.

Le cœur de Grace se serra : il ne pouvait s'agir que de l'appartement. Donc sans doute de la proposition de William Grafton…

— Je préférerais me changer avant, si cela ne t'ennuie pas. La journée a été longue.

— Nous n'en avons pas pour longtemps. Tom, dis-lui ! Je ne crois pas que Grace sera déçue.

— Déçue ? A propos de quoi ?

— Eh bien, disons que, de notre point de vue, tout rentre dans l'ordre. Tom, ne fais pas cette tête ! Félicite-toi de ne pas avoir perdu tout cet argent. D'accord, tu n'en as pas gagné non plus, mais c'est un moindre mal.

— De quel argent parlez-vous ? demanda Grace, de plus en plus perplexe.

— De l'argent que j'ai prêté à ton vaurien de petit ami, grommela son père en fronçant les sourcils. Apparemment, il a changé d'avis. Il abandonne son projet de site internet.

Tom jeta un coup d'œil vers sa femme, puis reprit d'un ton gêné :

— Il semble qu'il ait décidé de quitter le pays et de tenter sa chance aux Etats-Unis. Je crois qu'il ne reviendra plus.

— Etes-vous en train de me dire qu'il vous a remboursés ?

— Oui, intégralement, acquiesça sa mère.

— Cet argent, je l'avais très volontiers prêté à Sean, dit piteusement son père, parce que je croyais en lui. Je me suis trompé. Et franchement, ce n'était pas un homme pour toi.

Ignorant cette dernière remarque, Grace frappa dans ses mains, ravie d'apprendre une aussi bonne nouvelle.

— Si vous saviez comme je suis soulagée ! J'avais très peur que vous ne revoyiez jamais votre argent.

— Moi aussi, avoua sa mère. Le départ définitif de Sean ne t'affecte pas trop ?

— Non, au contraire.

Jack se dirigeait vers le Bay Horse, déterminé. Il ne ressentait plus la moindre appréhension. Cela faisait une semaine que Sean Nesbitt avait définitivement quitté la région. Le souvenir de son visage terrorisé lors de sa dernière visite lui arracha un sourire. Lisa n'y était pas allée de main morte en surgissant devant lui !

Quoi qu'il en soit, Jack avait décidé de reprendre le contrôle de sa vie et de parler à Grace. Peut-être refuserait-elle de l'écouter, mais il devait essayer. D'autant que tout était réglé entre Sean et lui. Grâce au travail d'investigation mené par ses conseillers financiers, Jack avait eu connaissance du prêt consenti à Sean par les Spencer. Il avait fait en sorte qu'ils récupèrent leur argent, ainsi que tous les autres investisseurs impliqués.

A présent que la situation financière de ses parents était réglée, Grace ne devait plus rien à Sean. Se raccrochait-il à de faux espoirs ? L'avenir le dirait…

Il avait choisi une heure creuse pour venir au Bay Horse. Comme prévu, quand il poussa la porte du pub, il trouva l'endroit désert, à l'exception du bar derrière lequel Tom Spencer était occupé à essuyer des verres. Jack avait espéré éviter une nouvelle confrontation avec le père de Grace, mais il était trop tard pour faire machine arrière.

Il laissa la porte se refermer derrière lui, se dirigea droit vers le bar et déposa sur le comptoir la veste qu'il avait à la main.

— Bonjour, dit-il, aimable. Sean a oublié cette veste chez moi. Peut-être pourriez-vous la lui remettre lors de sa prochaine visite ?

Tom Spencer reposa le verre qu'il essuyait et croisa les bras.

— Nesbitt ne remettra plus les pieds ici, lança-t-il sèchement. Mais je peux demander à Grace de la lui envoyer.

— Parfait, répliqua Jack. Merci.

Il tourna les talons. En fin de compte, il préférait choisir un autre moment pour tenter de voir Grace. La voix de Tom Spencer dans son dos l'arrêta.

— Puis-je vous offrir un verre, monsieur Connolly ? Je vous dois des excuses. Je ne me suis pas montré très courtois lors de notre dernière rencontre.

Stupéfait, Jack pivota. La dernière chose qu'il attendait de la part de Tom Spencer était bien la courtoisie. Le père de Grace ne l'aimait pas, c'était un fait. Malgré son envie de décliner l'offre, Jack se hissa sur un tabouret.

— Avec plaisir. Une bière, s'il vous plaît.

Tom hocha la tête puis sortit une bouteille du réfrigérateur, qu'il déposa avec un verre devant Jack.

— Puis-je me joindre à vous, monsieur Connolly ?

— Je vous en prie.

Le silence se fit.

— Grace ne reverra plus Nesbitt, déclara soudain Tom. Le saviez-vous ?

— Je l'ignorais. Je n'ai pas revu Sean depuis qu'il a quitté mon domicile, il y a une semaine, répondit Jack, pesant ses mots avec soin.

— De son initiative ou de la vôtre ?

— Quelle importance ?

— N'êtes-vous pas désolé que Grace et lui aient rompu ?

— Non, pas vraiment. Et vous ?

— Moi ? fit Tom avec une grimace. Certainement pas ! Je savais depuis un moment qu'on ne pouvait pas lui faire confiance, mais je pensais que Grace l'aimait.

C'est la raison pour laquelle j'ai eu ce comportement… déplaisant sur votre bateau.

— Eh bien… je ne sais pas quoi dire.

— D'autre part, je voudrais vous remercier pour ce que vous avez fait pour Susan et moi.

— Pardon ?

— Je ne suis pas né de la dernière pluie, monsieur Connolly. Je sais que vous êtes intervenu pour que nous récupérions notre argent. J'ai agi d'une manière irresponsable en accordant un prêt à Nesbitt, mais croyez-moi, j'ai payé très cher mon erreur. Ces derniers mois ont été difficiles pour nous tous.

— Je n'ai pas fait grand-chose… Et appelez-moi Jack, OK ?

— Si vous m'appelez Tom. Ecoutez… *Jack*, je suis sûr que vous avez forcé Nesbitt à nous rembourser. Je l'ai entendu s'entretenir avec Grace, lors de sa dernière visite. Il lui disait qu'il avait perdu mon argent et que je n'en reverrais jamais la couleur.

— Je vois…

— Il voulait qu'elle l'accompagne chez vous, mais elle a refusé. Il a eu beau menacer de nous révéler la vérité, elle a tenu bon, cette fois. Nesbitt n'est jamais revenu après cela. Puis, comme par magie, notre investissement nous a été restitué. Comment l'expliquez-vous ?

— Peu importe, éluda Jack. Je n'aurais pas aimé que vous perdiez votre pub.

— Moi non plus.

Tom le dévisagea longuement.

— J'ai beau vous être reconnaissant, reprit-il, je vous mets en garde, Jack : je ne permettrai à personne de faire de nouveau du mal à ma fille.

— Papa !

Jack aperçut Grace à l'autre bout du pub.

— Papa ! s'écria-t-elle de nouveau en venant vers eux. Jack ne me ferait jamais aucun mal. Sean et lui n'ont absolument rien en commun.

Evitant le regard de Jack, elle se posta devant son père, qui la contemplait d'un air abasourdi.

— Que fais-tu ici, ma fille ? Il est à peine 15 h 30.

— J'avais une visite à faire dans les environs et M. Hugues m'a libérée pour le reste de l'après-midi. Ce dont je lui suis reconnaissante, vu ce qui se passe ici. Qu'as-tu dit à Jack derrière mon dos ?

— Nous avons discuté de manière très courtoise, c'est tout, se défendit Tom.

— J'ai rapporté une veste qui appartient à Sean, expliqua Jack. Il l'a oubliée chez moi et je n'ai pas son adresse.

Grace leva enfin ses grands yeux vers lui.

— Ah, je vois... Je suis désolée, dit-elle d'une voix empreinte de tristesse. Mon père n'avait pas le droit de vous parler comme il l'a fait.

— Tu n'étais pas censée nous entendre, Grace, dit Tom dans un soupir. Et je n'ai pas l'intention de m'excuser pour ma franchise. Jack ne t'a pas entendue pleurer toutes les nuits depuis une semaine, lui.

— Papa ! s'écria Grace avec une expression outrée.

— Tu ne peux pas le nier, ma fille. Ta mère et moi étions morts d'inquiétude.

Grace ferma les yeux un court instant. Puis elle s'agrippa au comptoir pour ne pas vaciller.

— Mes pleurs n'ont rien à voir avec Jack.

— J'espère que ce n'est pas ta rupture avec Nesbitt qui t'a mise dans cet état-là ! Il ne le mérite pas.

Grace ne savait plus où se mettre. Elle sentait le regard insistant de Jack sur elle.

— Non, ce n'est pas cela, avoua-t-elle d'une voix tremblante. Il est grand temps que je te dise la vérité, papa : ma rupture avec Sean remonte à plusieurs semaines.

Jack ressentit un immense soulagement. Tout n'était pas perdu, alors…

— Eh bien, tant mieux ! s'exclama-t-il malgré lui. J'aurais bien aimé apprendre cette nouvelle plus tôt.

— Pourquoi ? Nous ne nous sommes plus parlé depuis que vous m'avez fait visiter votre bateau.

Du coin de l'œil, Jack nota que Tom Spencer semblait soudain se sentir de trop.

— Je vais aller chercher des caisses de boissons à la cave. Jack, si vous voulez dîner avec nous, vous êtes le bienvenu.

— Merci, Tom, lui répondit-il avec un sourire de gratitude.

Le père de Grace parti, il reporta son attention sur la jeune femme.

— Nous ne nous sommes pas parlé depuis ce jour parce que je n'étais pas sûr que vous aviez envie de me revoir. De mon côté, je le souhaitais vivement.

— Vraiment ? Vous ne m'avez pourtant pas empêchée de suivre mon père, ce soir-là.

— Parce que je croyais que Sean et vous étiez toujours ensemble. Je me sentais affreusement coupable à cause de ce que je ressentais.

— Et que ressentiez-vous ? chuchota Grace en cillant.

— Bon sang, grommela Jack, vous le savez très bien ! Ce n'est pas un secret, que diable !

Grace jeta autour d'elle un regard incertain.

— Souhaitez-vous que nous poursuivions cette conversation dans ma chambre ?

— J'ai cru que vous ne le proposeriez jamais.

Grace souleva la planche amovible située à l'extrémité

du comptoir et invita Jack à la suivre dans l'étroit escalier qui menait à son logement.

La chambre était petite, mais joliment décorée, nota Jack. Des rideaux aux motifs floraux, coordonnés au dessus-de-lit, donnaient une touche joyeuse à l'ensemble. Un épais tapis couleur taupe recouvrait le plancher.

Grace était nerveuse. Elle avait toutefois hâte de poursuivre la conversation commencée avec Jack au rez-de-chaussée. Que ressentait-il réellement pour elle ? Il fallait qu'elle en ait le cœur net !

Quand, après avoir retiré ses hauts talons, elle se tourna vers lui, elle vit une expression farouche sur son visage. Immobile, elle le laissa approcher, puis l'enlacer tendrement.

— Ma chérie…, murmura-t-il, avant de poser doucement les lèvres sur les siennes.

Leurs langues s'effleurèrent, leurs souffles se mêlèrent, puis un même embrasement des sens les assaillit. Grace se lova dans les bras de Jack, se serrant contre lui. Elle tremblait. Il s'écarta légèrement pour planter le regard dans le sien. Etaient-ils enfin libres de laisser s'exprimer leurs sentiments ?

Grace leva la main vers le visage de Jack, effleura le contour de sa mâchoire puis ses lèvres entrouvertes sans le quitter des yeux. Elle avait l'impression de vivre son plus beau rêve. Jack Connolly se trouvait dans sa chambre, alors qu'une heure auparavant elle désespérait de le revoir un jour.

Jack avait toutes les peines du monde à garder le contrôle de ses émotions. L'envie de basculer Grace sur le lit, de lui arracher ses vêtements et de lui faire l'amour le tenaillait, mais l'heure de vérité était venue. Il fallait qu'il lui dise ce qu'il éprouvait pour elle.

Comme elle lui avait manqué ! La peur qu'elle finisse par pardonner à Sean son ignoble comportement ne l'avait pas quitté une seconde. L'idée qu'elle puisse se résoudre à l'épouser l'avait terrorisé.

Il savait qu'il ne se remettrait jamais de la perte de Grace comme il s'était remis de celle de sa femme.

Quand avait-il compris qu'il l'aimait ? Lors de sa première visite aux cottages quand elle lui était littéralement tombée dans les bras ? Ou bien lors de leurs étreintes enflammées sur la plage ? Ou encore le jour où Tom les avait interrompus sur son voilier ? Il n'aurait su le dire précisément. Une chose était sûre : à chacune de leurs rencontres, il avait eu le sentiment de vivre un moment unique, exceptionnel. Un courant d'une intensité rare semblait les relier. Il avait suffi d'une étincelle pour les propulser dans les bras l'un de l'autre.

Jack enfouit la tête dans le cou de la jeune femme qui frissonnait dans ses bras. Sa peau était si douce, son parfum si délicat, la chaleur de son corps si enivrante…

— Me désirez-vous ? chuchota-t-elle à son oreille.

— A la folie ! Mais nous devons parler, Grace. Par ailleurs, je ne suis pas sûr que votre père approuverait ma conduite si nous faisions l'amour sous son toit.

— Il avait l'air d'apprécier votre présence, tout à l'heure. Je le croyais en colère contre vous, mais je me trompais, n'est-ce pas ?

— Oui, admit Jack avec un sourire. Je crois que votre père et moi avons fini par nous comprendre. Il n'a rien d'un ogre, finalement.

— Non, c'est un homme bon. Je ne vous l'ai pas dit avant, mais il avait pris une hypothèque sur le pub pour aider Sean. C'était la pire des décisions. Lors de sa dernière visite, Sean m'a dit que mon père ne reverrait jamais son argent. Il a menacé de tout révéler à mes parents si je ne l'aidais pas.

Jack regrettait à présent de ne pas avoir balancé son poing dans la figure de Nesbitt quand l'occasion lui en avait été donnée.

— J'ai refusé, poursuivit Grace. Et, croyez-le ou non, mon père a récupéré son argent cette semaine. Vous n'imaginez pas à quel point j'ai été soulagée d'apprendre cette nouvelle ! Sean a fini par entendre raison.

— Sans doute, éluda Jack d'un ton neutre.

Grace enroula les bras autour de son cou.

— Finalement, je lui suis très reconnaissante…

— Il ne mérite pas vos remerciements !

— Si, pour avoir oublié sa veste chez vous !

Glissant les mains sous la chemise de Jack, elle ajouta :

— Il fait chaud ici, vous ne trouvez pas ? N'aimeriez-vous pas retirer cette chemise ?

« La chemise et tout le reste », songea Jack.

— Grace, mon amour, dit-il d'une voix rauque, je veux que vous… que tu sois sûre de vouloir tout cela. J'imagine que Sean ne t'a pas relaté ce qui s'est passé quand il est venu me voir.

Grace ferma les yeux un court instant, grisée par le tutoiement de Jack, qui créait une nouvelle intimité entre eux. Et il l'avait appelée *mon amour* ? Seigneur !

— Non, dit-elle en rouvrant les paupières, je ne l'ai pas revu depuis l'après-midi où il t'a rendu visite.

Jack l'avait appris de la bouche de Tom Spencer, mais il voulait en être sûr.

— Il n'est pas repassé au pub ?

— Non, c'était inutile de toute façon…

Grace poussa un long soupir.

— D'accord, reprit-elle, j'aurais dû te dire que ma rupture avec Sean remontait à plusieurs semaines. J'avais découvert qu'il fréquentait une autre femme. C'est pour mes parents que j'ai gardé le silence. J'espérais que Sean finirait par les rembourser.

— Quand je songe à toutes ces nuits d'insomnie passées à culpabiliser à cause de ce que j'avais fait à Sean !

— Oh ! Jack…

— C'est vrai. Je m'en voulais terriblement. Tu étais sa petite amie. J'ai même songé à vendre Lindisfarne House et à déménager.

— Je pensais n'être qu'une distraction pour toi.

— Oh non, tu n'y es pas du tout ! Mes sentiments pour toi n'ont fait que croître au fil du temps.

— Vraiment ?

— Oui, vraiment. Je n'ai jamais rien ressenti de tel pour personne.

Emue aux larmes, Grace effleura les lèvres de Jack de ses doigts tremblants.

— Je t'aime, Jack. Je crois que je l'ai su dès notre toute première rencontre.

— Quel gâchis ! Je vis un enfer depuis que tu m'as laissé seul sur mon voilier, ce fameux soir.

— Moi aussi. Et… cette jeune femme dont parlait mon père, poursuivit-elle d'une voix hésitante, les yeux baissés, s'agit-il vraiment de ta belle-sœur ?

— Debra ? Oh oui, bien sûr !

Jack prit le visage de Grace entre ses mains, puis déposa un doux baiser sur ses lèvres.

— Depuis la mort de Lisa, elle s'obstine à vouloir veiller sur moi contre mon gré, avoua-t-il avec un sourire.

— Est-elle amoureuse de toi ?

— C'est ce qu'on m'a dit. Mais pour moi, elle est et restera toujours la petite sœur de Lisa. Elle est pénible parfois, même si son attachement pour moi est réel.

Sans son intervention, se demanda-t-il, aurait-il fini par

apprendre la liaison de Lisa avec Sean ? Peut-être devait-il à Debs son bonheur actuel, après tout…

— Mon père m'a dit qu'elle devait beaucoup tenir à toi pour faire le voyage jusqu'ici.

— Sans doute. Mais ce n'est qu'une gamine, tu sais. Je suis sûr que tu l'aimeras quand tu la connaîtras.

— Tu crois ?

— Oui. Et puisque ton père a l'air de considérer que je ne suis pas un si méchant garçon, j'ai hâte qu'il fasse la connaissance de mes parents.

— Tes parents ? s'exclama Grace. Vont-ils venir s'installer dans la région ?

— Peut-être, plus tard. Mais les tiens pourraient leur rendre visite en Irlande avant notre mariage.

— S'agit-il d'une… proposition ?

— Oh non, ce serait prématuré.

— Comment cela ? demanda Grace.

— Je dois d'abord obtenir le consentement de ton père, dit Jack avec un grand sourire.

— Oh ! Jack, je t'aime tant !

— J'espère bien !

Sur ces mots, il happa les lèvres de Grace, qui répondit fougueusement à son baiser. Quand il voulut s'écarter, elle le retint de toutes ses forces.

— Je ferais mieux d'aller retrouver ton père tout de suite.

— Rien ne presse, mon amour…

Épilogue

Grace n'avait jamais assisté à une cérémonie de remise de récompenses, et encore moins en qualité de présentatrice. Comment allait-elle pouvoir s'acquitter de sa mission dans son état ? Elle abordait le dernier mois de sa grossesse et avait l'impression de peser une tonne.

— Je n'y arriverai pas, chuchota-t-elle à l'oreille de Jack. Je n'ai jamais rien fait de tel.

— Il y a une première fois à tout. Je suis là, moi, et je suis ton mari.

— Mais le bébé…

— *Notre* bébé, oui, corrigea Jack en la regardant avec adoration.

Sans se soucier des regards tournés vers eux, il se pencha et déposa un baiser sur ses lèvres. Aussitôt, une vague d'émotion la submergea. Chaque fois que sa peau entrait en contact avec celle de Jack, une grande chaleur se répandait en elle. Résistant à l'envie de se blottir dans ses bras devant la centaine de personnes venues assister à la cérémonie, elle serra sa main dans la sienne.

— J'ai envie d'être seule avec toi, murmura-t-elle.

— Moi aussi…

A ce moment-là, le maire de Culworth prit la parole, sous les applaudissements de la foule.

Grace en profita pour laisser ses pensées dériver. Elle

n'avait jamais connu un tel bonheur. Et elle était immensément fière de son mari. Tous deux seraient bientôt parents. Dans quelques semaines à peine… Grace avait hâte de donner naissance à leur enfant.

Doucement, elle caressa le renflement de son ventre. Jack avait tenu à ce qu'elle porte une robe en jersey plutôt moulante alors qu'elle aurait préféré arborer une tunique ample. Selon lui, même enceinte, elle demeurait la plus belle femme du monde.

La cérémonie avait été organisée pour saluer la rénovation des cottages de Culworth, laquelle avait été primée pour son originalité et son design. Jack avait même obtenu une subvention du gouvernement pour poursuivre la rénovation d'autres propriétés dans la région. Grace allait avoir quant à elle l'immense honneur de lui remettre le prix qui lui avait été décerné. Elle se doutait que son père n'était pas étranger à cette décision…

Depuis son mariage avec Jack, célébré sept mois plus tôt, son mari et son père étaient devenus les meilleurs amis du monde. Ils partageaient le même goût pour la pêche et le whisky irlandais. Les parents de Jack, venus spécialement pour la cérémonie, leur rendaient depuis fréquemment visite à Rothburn. Les deux familles s'entendaient à merveille !

Grace reprit pied dans la réalité au moment précis où le maire lui passait la parole. Il lui confia le trophée remporté par Jack pour qu'elle le lui remette avec quelques mots. Oubliant sa timidité, elle prononça son discours sans marquer la moindre hésitation.

Quand elle eut fini, les applaudissements fusèrent dans la salle. Finalement, ça n'avait pas été aussi difficile qu'elle l'avait imaginé. Souriante, elle salua l'assemblée, puis entreprit de descendre de l'estrade au bras de son mari. Soudain, une crampe dans l'abdomen lui arracha une légère grimace.

— Que se passe-t-il ? demanda Jack en se penchant vers elle.

— Je crois que c'est le bébé, répondit-elle à mi-voix. Ma gynécologue m'a dit qu'il pourrait arriver prématurément. Je ne voudrais pas jouer les trouble-fête, mais je crois que nous ferions mieux de partir.

Jack l'enlaça tendrement.

— Je suis désolé, mon amour. Je n'aurais jamais dû t'infliger cette épreuve.

— Je ne regrette pas d'être venue. J'étais très fière de te remettre ton prix. Mais à présent, j'aimerais rentrer à la maison.

Consciente du malaise de Grace, toute la famille s'était réunie autour d'eux.

— Il faut l'emmener à l'hôpital, dirent en chœur sa mère et sa belle-mère.

Accrochée à son mari, Grace lui adressa un regard implorant.

— A la maison, s'il te plaît… Tu avais promis que je pourrais accoucher de notre enfant à la maison.

Une nouvelle crampe la saisit, plus douloureuse que la précédente.

— Je vais bien… Je vous assure… que je vais bien, haleta-t-elle au prix d'un effort surhumain.

— Nous allons à la maison, décréta Jack aux deux futures grands-mères. Excusez-nous auprès du maire.

Sans se soucier des protestations des deux femmes, auxquelles étaient venues s'ajouter celles de leurs maris, Jack serra sa femme contre lui et se dirigea vers la sortie, en espérant vivement avoir pris la bonne décision.

Si un malheur devait survenir, il ne se le pardonnerait jamais. Pas plus qu'il ne supporterait de perdre Grace…

A leur arrivée à Lindisfarne House, Mme Honeyman ayant été prévenue, ils trouvèrent la chambre préparée pour l'accouchement et la sage-femme prête à intervenir…

Comme l'avait souhaité Grace, elle donna naissance à son enfant chez elle, soutenue par Jack.

Le premier cri de Thomas Patrick Connolly enchanta ses parents et les propulsa dans les bras l'un de l'autre. Quant à ses grands-parents impatients, postés derrière la porte de la chambre, ils furent refoulés par la sage-femme.

— Attendez encore un petit peu, leur dit-elle avec un large sourire. Rassurez-vous, c'est un beau garçon plein de vie !

Les Spencer et les Connolly retournèrent au salon, où Mme Honeyman les régala de thé et de petits gâteaux pour les aider à prendre leur mal en patience.

Profitant de ce moment d'intimité, Jack et Grace admirèrent leur nouveau-né, apaisé à présent qu'il se nourrissait au sein de sa mère.

— Tu vois, je suis plus forte que j'en ai l'air, dit Grace en souriant à son mari.

— Je n'en ai jamais douté.

— Je t'aime.

— Moi aussi, répondit Jack en posant les lèvres sur les siennes. Je suis le plus heureux des hommes.

D'autant plus que les apparitions de Lisa avaient cessé de le tourmenter. La dernière remontait au soir où Tom avait eu des nouvelles de Sean Nesbitt. Jack travaillait à son bureau sur les plans d'un musée des sciences dont on lui avait confié la construction.

— Tu es heureux, lui avait-elle dit en arborant une expression mélancolique. Au fait, Sean ne t'ennuiera plus jamais. J'y ai veillé.

Apparemment, c'était la vérité : selon les nouvelles recueillies par le père de Grace, Sean avait pris la décision d'émigrer en Australie. Quant à Lisa, Jack espérait qu'elle avait enfin trouvé le repos éternel.

— Il est magnifique, murmura Jack en soulevant son enfant dans ses bras avec fierté.

Puis, se tournant vers Grace, il ajouta :

— Toi aussi, tu es magnifique. Comment ai-je pu rencontrer une fille comme toi ?

— La chance, je suppose, répondit-elle, le regard pétillant de malice.

Une chose était sûre : l'avenir s'annonçait radieux à présent que les fantômes du passé s'étaient envolés à jamais.

Retrouvez prochainement, dans votre collection

AZUR

Neuf mois avec un Apollon, de Chantelle Shaw - N°4477

Lissa Buchanan n'est pas l'héritière gâtée que la presse à scandale s'évertue à présenter. En réalité, elle est du genre raisonnable. Du moins, elle l'était jusqu'à sa rencontre avec Takis Samaras. Sous le regard ardent de l'Apollon grec, elle perd soudain le contrôle et s'offre dans ses bras une nuit de plaisir. Une nuit qui entraîne son lot de conséquences. Quand Lissa révèle à son amant qu'elle attend un enfant de lui, Takis exige aussitôt qu'elle l'épouse...

Une maîtresse si délicate, de Carol Marinelli - N°4478

Rien n'avait préparé Mary au choc que lui cause sa rencontre avec Costa Leventis. Aussi sûr de lui qu'elle est réservée, l'homme d'affaires grec la séduit d'un seul regard. Parce qu'il la tire d'une situation délicate, il suscite également en elle respect et admiration. Autant d'émotions qui lui sont interdites, Mary le sait. De condition modeste, elle n'a pas sa place dans le monde glamour de Costa. Et penser le contraire serait pure folie... n'est-ce pas ?

Le mariage de Matteo Vitale, de Melanie Milburne - N°4479

Directrice d'une agence matrimoniale, Emmaline est soucieuse de satisfaire aux desiderata de ses clients. Mais le dernier en date, le milliardaire Matteo Vitale, a une requête des plus inhabituelles : il ne recherche pas l'âme sœur mais plutôt une femme qui lui donnera un héritier. Intriguée, et pour mieux le comprendre, Emmie accepte de séjourner dans la villa italienne de Matteo. Or, à son contact, elle en vient à se demander si elle ne pourrait pas être, pour Matteo, l'épouse idéale...

Le play-boy de Monrosa, de Katrina Cudmore - N°4480

Invitée à séjourner dans la résidence londonienne des Monrosa en leur absence, Alice ne s'attend pas à voir débarquer le prince Luis en personne ! Alors qu'elle aspirait à la solitude le temps de terminer sa thèse, la voilà contrainte de vivre sous le même toit que ce play-boy trop sûr de lui. Peu à peu, pourtant, Luis révèle une autre facette de sa personnalité, bien plus séduisante et à laquelle Alice ne saurait résister bien longtemps...

Belle comme un joyau, d'Abby Green - N°4481

Héritier d'un empire joaillier, Daniel Devilliers côtoie stars de cinéma, têtes couronnées et chefs d'État. Tous lui mangent dans la main, excepté une femme. Mia Forde, la sublime mannequin avec laquelle il a entretenu une liaison passionnée, a disparu de sa vie du jour au lendemain. Aussi est-il stupéfait de la retrouver à l'occasion de l'inauguration de sa luxueuse boutique de la place Vendôme. Parée de bijoux, plus belle que jamais, celle qui hante ses nuits depuis deux ans lui révèle qu'ils ont eu ensemble une petite fille…

La nuit de noces d'une princesse, de Jackie Ashenden - N°4482

« L'épouse oubliée » : tel est le surnom que la presse lui a donné. Et pour cause : bien qu'Inara soit mariée au prince Cassius depuis cinq ans, celui-ci vit loin d'elle et ne lui rend visite qu'en de rares occasions. Jamais ils n'ont consommé leur union de papier, au grand désarroi d'Inara qui se languit de Cassius en secret. Or voilà qu'aujourd'hui il se présente à elle pour lui demander le divorce ! Bouleversée, Inara décide alors de prouver à Cassius qu'elle est la femme de sa vie – et sa reine…

Passion en Croatie, de Jessica Gilmore - N°4483

Depuis toujours, Lily suit un plan bien établi. De brillantes études l'ont conduite à devenir une avocate talentueuse ; elle collectionne les succès. Seulement, le jour où elle est confrontée à un drame, elle réalise qu'elle a oublié de vivre ! Et c'est sur une splendide île de Croatie qu'elle décide de s'accorder un répit… Dès son arrivée, elle est conquise par le décor à couper le souffle : le bleu de la mer, l'écume des vagues, la chaleur du sable sous ses pieds sont comme un baume sur son cœur meurtri. Quant à Damir, le mystérieux Croate qu'elle vient de rencontrer, il lui donne l'envie d'aimer. Mais peut-elle se l'autoriser alors qu'elle sera repartie à la fin de l'été ?

La garde et le duc, de Marcella Bell - N°4484

SÉRIE : *GARDE ROYALE* - 3/3

Membre de la garde royale de Cyrano, Jenna ne vit que pour protéger sa reine et servir son pays. Or, pour la première fois de son existence, elle est détournée de son devoir par un homme. Sebastian, duc de Redcliff, l'attire tant et si bien qu'elle succombe à la passion entre ses bras. Mais très vite Jenna comprend qu'elle a commis une erreur en cédant à la tentation. Non seulement elle est persuadée que Sebastian n'est pas celui qu'il prétend être, mais surtout elle attend désormais un enfant de lui…

Conquise par l'ennemi, de Heidi Rice - N°4485

SÉRIE : *NUITS D'ÉTÉ* - 1/2

Jamais Cassie n'aurait dû accepter la mission que lui a confiée son patron : assister à un mariage fastueux pour approcher Luke Broussard et percer ses secrets. Elle n'a rien d'une espionne industrielle et craint en effet d'être démasquée. Dès leur rencontre, le magnat de la technologie se révèle aussi mystérieux qu'arrogant. Surtout, il est irrésistible et fait perdre tous ses moyens à Cassie. Au point qu'elle accepte de l'accompagner sur son île privée et bientôt, de devenir sa maîtresse…

L'épouse de papier, de Kim Lawrence - N°4486

Maya est stupéfaite. Sa demi-sœur, qu'elle n'a encore jamais rencontrée, vient de lui abandonner son bébé, l'adorable Mattio. Pour comble, un certain Samuele se présente bientôt comme l'oncle de l'enfant – et exige de le reprendre sous peine de poursuites. Très attachée au petit, Maya se tient prête à affronter Samuele quand celui-ci lui suggère de résoudre leur différend… en l'épousant !

Troublante surprise, d'Annie West - N°4487

Elle est… enceinte ? Partagée entre incrédulité et angoisse, Imogen ne sait comment réagir lorsqu'elle apprend cette surprenante nouvelle. La nuit de passion qu'elle a vécue quelques semaines plus tôt entre les bras de l'irrésistible Thierry Girard était censée rester sans suite ! Pourtant, cet enfant qui grandit en elle, elle l'aime déjà de tout son cœur. Hors de question de le priver de la vie heureuse qu'il mérite ! Résolue à aller trouver Thierry pour lui annoncer sa future paternité, elle ne peut s'empêcher de redouter la réaction de cet incorrigible séducteur, qui a toujours affirmé que jamais il ne s'engagerait avec une femme…